당신을 행복하게 하는 단 하나의 시

지치고 힘든 당신에게

당신을 행복하게 하는 단 하나의 시

지치고 힘든 당신에게

조서희 엮고지음

아마존북스

프롤로그

마음에 맞는 친구 몇 명과 파전에 막걸리 한 사발이면 행복했던 시절이 있었습니다. 구겨진 양철 주전자가 꼭 우리와 같다며 깔깔거리던 시절, 저는 청춘이란 늘 목을 마르게 하는 무언가일 거라 생각했습니다. 사람들은 목표를 향해 달려 나가기만 하면 된다고 말할 뿐 어디로 어떻게 가야 하는지는 알려주지 않았습니다. 길을 찾기 위해서 길을 잃어야만 했던 시절이었습니다.

지난한 길이었습니다. 끝 모를 불안감에 베갯잇을 적시던 청춘에게는 손을 잡아줄 무언가가 필요했습니다. 동행은 가장 힘들 때가 되어서야 찾아오지요. 그때 만난 영화, 〈일 포스티노〉 속 '파블로 네루다'의 시 한 편은 저의 가슴을 치며 저를 위로해 주었습니다. 그러다 시 창작 수업에 제출한 시 한 편이 교수님의 눈에 들었습니다. 그때 쓴소리를 들었다면 저는 시인이 되지 못했을 겁니다. 몇 마디의 칭찬이 회

색빛이던 제 인생을 무지갯빛으로 바꾸어 놓는 계기가 되었지요.

저는 깊은 울림이 있는 시를 좋아합니다. 소외된 이들에게 따뜻한 위로의 말을 건네주고, 외로운 이들에게 눈물과 그리움의 말을 건네주는 시를 좋아합니다.

저는 이 책에서 사랑과 상처, 눈물과 그리움, 슬픔과 고통, 화해와 용서 그리고 행복에 관한 시를 소개하려 합니다. 백석과 청마의 이야기가 있는 통영, 김용택의 섬진강 매화꽃길도 따라가 봅니다.

당신은 지금 어떤 사랑을 하고 있나요. 시인은 '사랑은 상처를 허락하는 것'이라고 말하고, '사랑은 이렇게 두 팔을 활짝 벌리고 오지 않을 너를 맞이하는 것'이라고 말하고 있습니다.

한 편의 시는 시련으로 힘겨운 자에게 위로가 되고 격려가 될 수 있습니다. 문태준은 〈가재미〉에서 죽음을 앞둔 여자와 그 모습을 바라보는 남자의 절절한 소통을 그리고 있습니다. '한쪽 눈이 다른 한쪽 눈으로 옮아 붙은 야윈 그녀가 운다 / 그녀는 죽음만을 보고 있고 나는 그녀가 살아온 파랑 같은 날들을 보고 있다'라고 말하고 있습니다. 지금 우리 앞에 놓인 삶은 어떠한가요. 인생은 절망과 희망, 고통과 기쁨이 교차하는 순간들로 이루어져 있는 것이 아닐까요. 만일 문태준이 말하는 '파랑 같은 삶'을 이해한다면 그리고 가수 이은미가 그러했듯이 이 한 편의 시를 읽고 소리 내어 울 수 있는 감성이 아직 살아 있다면 어떤 어려움도 헤쳐 나갈 힘이 생길 겁니다.

끝이 있으나 되돌아갈 수 없는 일방통행, 우리는 그 길의 한가운데에 있습니다. 이별도 사랑도 고독도 그리움을 고이게 하지요. 살다 보면 꼭 여민 틈새로 켜켜이 쌓인 그리움들이 툭 터져 나와 마음을 힘들게 할 때가 있지요. 그럴 때가 시를 읽을 때입니다. 섬진강 매화꽃길이 아니더라도, 바람 부는 들녘이든 어두운 골방 한 켠이든 시 한 편 읽을 수 있다면, 마음이 점차 풀어져 분명 행복할 수 있을 것입니다.

시를 읽는다는 것은 자신과 마주하는 일이고, 자신의 마음을 움직이는 일입니다. 저는 이 책에 우리 내면의 깊은 곳까지 파고들어 마음을 움직일 수 있는 큰 울림이 있는 시들을 모아 놓았습니다.

시가 만일 '파블로 네루다'처럼, '밤의 가지에서/갑자기 다른 것들로부터/격렬한 불 속에서 부른다'면, 우리들의 지친 마음은, 내 심장은, '열린 하늘을/휘감아 도는 밤, 우주를/그 큰 별들 총총한 허공에 취해/내 심장은 바람에 풀려' 마침내 평안을 얻게 될 것입니다.

이 책이 독자들에게 그런 평안에 이르는 작은 길잡이가 될 수 있길 기원해 봅니다.

그간 격려와 성원을 보내주신 많은 분들과 이 책의 기획 과정부터 함께해 주신 유창언 대표님, 엔터스코리아의 양원근 대표님께 감사 인사를 드립니다.

2019년 3월

조서희

차 례

1장 사랑은 상처를 허락하는 것이다

2장 우리는 그저 모두 상처받은 사람일 뿐

3장 슬픔을 세탁하는 방법

4장 이번 생은 처음이라

1장

사랑은 상처를 허락하는 것이다

별사別辭
-경주 남산 · 37

: 정일근

우리 이승의 사랑 끝나고 그대는 죽어 복사꽃 나무가 되리라 나는 죽어 한 마리 은어가 되리라

사랑이여 천년이 지난 봄날 먼, 먼 어느 봄날 그대 온몸에 복사꽃등불 밝힐 때

나는 몸 속 수박향 숨기고 소월천 거슬러 오십천 따라 올라가다 강물에 어루숭 어루숭 잠긴 그대의 꽃비늘 그냥 지나치지는 못하리라

나를 휘감는 연분홍 비단 같은 슬픔에 까닭도 모른 채 펑펑 울며 거기 멈추어 서있을 것이니

사랑이여 그대 또한 그러하리라

꽃그늘에 울고 있는 한 마리 어린 은어를 보며 꼭 한 번 어디선가 눈 맞춘 것 같은 작은 물고기의 눈물을 보며

무엇인가 아뜩하여 경계 없는 슬픔에 그대가 피운 가장 아름다운 꽃 분홍 꽃잎 몇 장 손수건으로 하늑하늑 날려줄 것이니

사랑이여 사랑했으니 진실로 그러하리라

지독한 사랑의 기억

은어에게 회유가 운명이라면 사람에겐 윤회가 운명일까. 윤회가 실존하는 것이라면 그 전생에는 분명 잊지 못할 사랑도 있을 것이다. 하지만 윤회하는 영혼들에게서 전생의 기억을 지운다는 그 질서마저도 핏속에 스며드는 지독한 사랑의 기억은 지우지 못하나 보다.

꽃그늘에 울고 있는 한 마리 어린 은어를 보며 꼭 한 번 어디선가 눈 맞춘 것 같은 작은 물고기의 눈물을 보며
무엇인가 아뜩하여 경계 없는 슬픔에 그대가 피운 가장 아름다운 꽃 분홍 꽃잎 몇 장 손수건으로 하늑하늑 날려줄 것이니

〈별사〉 속의 두 연인은 마치 운명처럼 내세에서도 복사나무와 은어로 재회한다. 하지만 오랫동안 그래왔던 것처럼

자연스레 서로의 상처를 토닥인다.

이 시는 깊고 질긴 시인의 운명을 그려낸다. 시인에게 사랑은 꽃이 지는 슬픔이나 빈 나뭇가지가 흔들리는 아픔보다 더 시리고 아프다. 꽃도 새싹도 새봄이면 다시 피어오르지만 한 사람을 그리는 마음은 아무 기약도 속절도 없다. 그럼에도 시인은 사랑하고 기다리며 눈물 훔치는 일을 한시도 멈추지 않는다.

섬세한 감성을 문장에 매끄럽게 담아내는 능력이 탁월한 정일근의 시에는 서정의 힘과 깊은 사유가 조화를 이루어 특유의 시세계를 창출한다. 놀라운 시적 상상력으로 형상화된 〈별사〉는 사유와 관조의 깊이에서 불교적 색채까지 동반한 선禪적인 사랑을 맑고 투명한 시선으로 노래한다. 그는 생명의 절대성에 대담하게 접근해 역동적으로 상상하기도 한다.

이 시를 읽으면 문득 물의 속살이 아름다운 섬진강이 떠오른다. 섬진강변 따라 흐드러지게 핀 벚꽃 잎이 눈처럼 날리는 그곳을 나는 차마 잊을 수 없다. 봄이 오면 한걸음에 내닫고 싶은 그 섬진강 어딘가에도 수박향 피어오르는 은어가 꽃처럼 다시 한번 돌아올까.

윤회하는 영혼들에게서

전생의 기억을 지운다는 그 질서마저도

핏속에 스며드는

지독한 사랑의 기억은

지우지 못하나 보다.

행 복

: 유치환

사랑하는 것은
사랑을 받느니보다 행복하나니라
오늘도 나는
에메랄드빛 하늘이 환히 내다뵈는
우체국 창문 앞에 와서 너에게 편지를 쓴다

행길을 향한 문으로 숱한 사람들이
제각기 한 가지씩 생각에 족한 얼굴로 와선
총총히 우표를 사고 전보지를 받고
먼 고향으로 또는 그리운 사람께로
슬프고 즐겁고 다정한 사연들을 보내나니

세상의 고달픈 바람결에 시달리고 나부끼어
더욱더 의지 삼고 피어 헝클어진 인정의 꽃밭에서
너와 나의 애틋한 연분도
한 망울 연연한 진홍빛 양귀비인지도 모른다

사랑한다는 것은

사랑을 받느니보다 행복하나니라

오늘도 나는 너에게 편지를 쓰나니

그리운 이여 그러면 안녕

설령 이것이 이 세상 마지막 인사가 될지라도

사랑하였으므로 나는 진정 행복하였네라

사랑하였으므로
행복하였네라

'러브레터를 발코니 아래에 붙여 놓으면, 그것을 발견한 누군가가 답장을 해준다.'는 낭만적인 상상으로부터 시작되는 영화가 있다. 바로, 레터스 투 줄리엣〈Letter's to Juliet〉이다. 영화의 스토리는 이렇다. 이탈리아 베로나에는 전 세계 여성들이 비밀스런 사랑을 고백하는 '줄리엣의 발코니'가 있다. 한 아가씨가 이곳으로 여행을 왔다가 우연히 50년 전 러브레터를 발견한다. 작가 지망생이었던 그녀는 그 애절한 사연에 답장을 보낸다. 그녀의 답장을 받은 노부인은 그 우연한 편지에 용기를 얻어 손자와 함께 이탈리아로 떠난다. 50년 전에 헤어진 연인을 찾기 위해서이다. 이 영화 속의 모험은 편지의 힘이 얼마나 위대하고 아름다운지 깨닫게 해준다. 유치환의 시 〈행복〉이 그러하듯이.

시인 유치환은 1947년부터 1967년까지 20년간 연인인 이영도 시인에게 편지를 썼다. 통영여자중학교 교사 시절 동료로 만난 두 사람은 오랜 세월 편지를 주고받으며 사랑을 나눴다. 하지만 유부남과 청상과부의 사랑은 어느 누구에게도 인정받을 수 없는 것이었기에 두 사람은 끝내 이루어지지 못한다. 그러던 중, 유치환 시인은 만 59세가 되던 해 부산의 어느 건널목에서 교통사고로 세상을 떠나고 만다. 그 후, 이영도 시인은 유치환 시인으로부터 받은 200여 통의 편지를 정리하여 《사랑하였으므로 행복하였네라》라는 제목의 서간집을 출간한다.

그가 그리움이 가득 담긴 편지를 부쳤던 통영우체국 앞에는 〈행복〉이 새겨진 시비가 있다.

> 사랑한다는 것은/사랑을 받느니보다 행복하나니라/오늘도 나는 너에게 편지를 쓰나니/그리운 이여 그러면 안녕/ 설령 이것이 이 세상 마지막 인사가 될지라도/사랑하였으므로 나는 진정 행복하였네라

그의 시에는 그리운 대상에 대한 절망과 애수가 절절이 녹아 있다. 진정한 행복은 사랑을 받는 게 아니라 주는 것이라고 말하는 시적 화자는 '에메랄드빛 하늘'만큼 환하고 투

명하다. 받는 사랑이 아닌 주는 사랑에서 미학을 찾아내, 기꺼이 그 외로운 길을 걷는 이 시인은 인간의 내면과 존재 가치를 정감 어린 언어로 풀어낸다. 우체국에서 편지를 부치는 사람들의 모든 연분과 정은 꽃처럼 피고, 화자의 사랑도 그 꽃밭에 핀 '진홍빛 양귀비'가 되는 것처럼.

행복은 무엇일까? 우리는 부유함이 행복을 가져다준다고 믿는다. 하지만 금전적인 부가 행복 자체라고 할 수는 없다. 나라별 국민행복지수에서 보듯, 잘 사는 나라가 가장 행복하진 않다. 미국의 극작가 C. 폴록Channing Folock은 이렇게 말했다. "행복은 과잉과 부족의 중간에 서 있는 작은 역"이라고. 폴록의 말처럼 "우리는 너무 빨리 지나가려고만 해서 그 작은 역을 그냥 지나치고" 마는 것이 아닐까.

영국의 심리학자 로스웰Carol Rothwell과 피터 코언Peter Cohen은 행복지수를 높이기 위한 일곱 가지 방법을 제시하고 있다.

첫 번째는 가족과 친구 그리고 자신에게 시간을 쏟을 것.
두 번째는 흥미와 취미를 추구할 것.
세 번째는 밀접한 대인관계를 맺을 것.

네 번째는 새로운 사람들과 만나고 기존의 틀에서 벗어날 것.

다섯 번째는 현재에 몰두하고 과거나 미래에 집착하지 말 것.

여섯 번째는 운동하고 휴식할 것.

일곱 번째는 항상 최선을 다하되 가능한 목표를 가질 것.

이렇듯 행복은 그렇게 멀리 있지도 않고, 얻기 어려운 것도 아니다. 욕심 없이 작은 것에도 감사하고 좋은 것을 함께 나누려는 마음에서 오는 게 바로 행복이 아닐까.

이별 이후

: 문정희

너 떠나간 지
세상의 달력으론 열흘 되었고
내 피의 달력으론 십 년 되었다

나 슬픈 것은
네가 없는데도
밤 오면 잠들어야 하고
끼니 오면
입 안 가득 밥을 떠 넣는 일이다

옛날 옛날 적
그 사람 되어 가며
그냥 그렇게 너를 잊는 일이다

이 아픔 그대로 있으면

그래서 숨 막혀 나 죽으면
원도 없으리라

그러나
나 진실로 슬픈 것은

언젠가 너와 내가
이 뜨거움 까맣게
잊는다는 일이다

사랑도
리필이 되나요

비 내리는 창밖 풍경을 바라본다. 봄은 늘 잊혀지는 것들을 둘러보게 하고 문득 문정희 시인의 시 〈이별 이후〉를 찾아 읽어본다. 삶에서 가장 어려운 일은 이별이 아닐까 싶다. 이별 이후 여자의 심리는 그리 간단하지 않다. 이별 후 여자의 심리가 궁금하다면 그만큼 다시 그녀와 재회하고 싶은 맘이 크기 때문이다. 여기서 상대방에게 무작정 연락하고 찾아가는 행동보단 잠시라도 지켜봐주고 시간을 조금이라도 갖는 것이 이별 후 여자의 마음을 조금이나마 돌릴 수 있지 않을까 싶다. 누구나 이별을 할 때에는 대부분 지쳤기 때문에 연애를 그만두고 이별을 택하는 경우가 많다.

반복되는 싸움, 고쳐지지 않는 문제점들이 결국 사랑의 끈을 놓는 것은 아닐까. 대부분의 남자들은 여자가 헤어짐을 말할 때 '왜 갑자기' 이렇게 이야기한다. 사실 여자에겐 갑작스런 이별이란 없다. 그동안 자신의 힘든 점과 서운하고 속상했던 부분들을 직접 또는 간접적으로 충분히 이야기 했을 것이다. 달라지지 않는 연인의 모습에서 서서히 마음을 정리하고 헤어짐을 여자들은 준비해 오고 있지 않았을까. 남자들은 이별 후 내가 앞으로 더 잘할게라고 말하며 그녀의 맘을 돌리기 위해 사과하고 붙잡겠지만 여자들은 그럼 왜 이야기했을 때는 변하지 않았느냐고 생각하고 있을지 모른다. 이미 연인에 대한 신뢰감이 떨어져 버렸기에 이별 후의 여자들의 심리는 쉽게 변하지 않는다.

여자들은 충분히 오랜 시간을 두고 혼자 힘들어하며 결론을 내어놓고 이야기하기 때문이다. 누구에게나 이별은 힘들고 아프다. 아름다웠던 추억도 있었을 테고 잊지 못할 소중한 순간들도 있었을 것이다. 과거의 문제들이 되풀이될까 두려운 마음에 참아낼 뿐이다. 이런 시간들이 지날수록 슬퍼하던 마음은 점차 사라지고 단호해진다. 아무리 힘들고 슬퍼도 그 시간이 지나고 극복해 내면 후회없이 잊기 때문이다. 그렇기 때문에 이별 후 여자친구를 다시 잡고 싶다면 본인의 문제가 무엇인지 충분히 파악한 후 그것들을 변화시켜야 한다.

시인 문정희는 이별 이후를 '그러나 나 진실로 슬픈 것은 언젠가 너와 내가 이 뜨거움 까맣게 잊는다는 일'이다라고 표현한다. 사랑을 할 때의 그 뜨거운 순간도 시간이 흐르고 세월이 흐르면 잊혀지는 게 당연하다지만 사랑은 곁에 있을 때 비로소 가장 빛난다. 우리는 변하지 않는 것이 그립다.

누구나 그렇듯 이별은 힘들고 아프다.

아름다웠던 추억도 있었을 테고

잊지 못할 소중한 순간들도 있었을 것이다.

과거의 문제들이 되풀이될까

두려운 마음에 참아낼 뿐이다.

당신, 그려도 될까요?

-To 잔느 에뷔테른. From 모딜리아니

: 윤향기

1. 사랑

캔버스에

당신의 알맞은 온기와 바라보기 좋은 눈빛과

내 높이에 꼭 맞는 긴 목과

우수에 찬 분위기를 그립니다

머리카락 곱게 늘어트려 내 어깨에 잠드는

당신

2. 죽음

사랑스런 저녁별

나의 아그드라실, 당신 잘 있지요

수많은 여인들을 배신하게 하고

당신의 신성한 보호를 받았던 나의

마지막 인사를 받아주오

나에게 가장 아름다운 빛을 건네준 별, 당신에게
아득하여 닿을 수 없는
지상의 사랑을 전송하게 되는 마지막 행복

3. 다시 사랑

온갖 지붕들이 한눈에 내려다보이는
니스의 창밖으로 뛰어 내려
천국에서도 나의 모델이 되기 위해 맨발로 걸어온
당신

이제 나는 하늘의 축복을 받은
당신의 순결한 날개와
당신의 순정한 물방울과
당신의 달콤한 목소리를 섞어 물감을 풀어도 될·까·요?

천국에서도
당신의 모델이 되어 드릴게요

"천국에서도 내 그림의 모델이 되어줘."

젊은 화가는 초상화를 그리던 손을 멈추고 모델이 된 여인에게 말한다. 그러자 그녀는 그대로 멈춰서 배시시 웃어 보인다.

"천국에서도 당신의 모델이 되어 드릴게요."

사람들은 그녀를 가리켜 '화가만을 위해 태어난 여자'라고 말했다. 화가 또한 자신의 삶은 그 자체가 불우하고 고단했지만, 그녀가 있기에 행복을 느낄 수 있다고 생각했다. 그만큼 그녀는 화가에게 있어 유일한 희망이자 사랑이었다. 그렇게 화가의 애정을 담아 완성된 초상화는 세계 미술사에 커다란 획을 그은 '생명의 예술'이 된다. 우수에 젖은 표정과 고개를 살짝 기울이고 있는 긴 목의 여인, 그녀가 바로 천재 화가 아메데오 모딜리아니Amedeo Modigliani의 연인인 잔느 에뷔테른Jeanne Hebuterne이다.

열다섯에 건강상의 이유로 조각칼을 내려놓을 수밖에 없었던 모딜리아니는 칼 대신 연필을 쥐고 주위 사람들이나 창녀들을 모델 삼아 초상화와 누드를 그리기 시작한다. 이탈리아 고전 미술과 철학에 심취했던 모딜리아니는 인간의 품위와 강한 자긍심을 예술적으로 승화하는 작풍으로 유명해진다. 그러던 20세기 초 세계 미술사가 다양한 미술 사조로 혼란을 겪던 시기, 그는 주류에 휩쓸리지 않고 자신만의 독창적인 예술 세계를 모색한다. 그는 모델의 개성을 빈틈없이 잡아내면서도 대상을 단순하고 보편적으로 표현한다. 아프리카 원시 조각에서 영향을 받은 듯한 그의 대표적 작품인 〈여인의 초상〉은 가슴 절절한 애수와 관능적인 아름다움을 품고 있다.

모딜리아니와 에뷔테른은 1916년 겨울, 파리에서 처음 만난다. 정식으로 소개받은 것은 1917년으로 이후 3년이 채 되지 않는 짧은 시기 동안 그들은 열렬히 사랑한다. 하지만 애석하게도 그들의 행복은 길지 않았다. 1920년 모딜리아니가 지병인 결핵성 뇌막염으로 사망하자, 에뷔테른은 이틀 뒤인 1월 26일에 8개월 된 뱃속의 아이와 함께 아파트에서 투신한다. 영화 속 주인공처럼 살다 간 이 둘의 사랑 이야기는 이후 전 세계 미술 애호가들 사이에서 그들의 작품보다 더 많은 이야깃거리를 만들어 낸다. 연금술사로 잘 알려진 파울로 코엘료에게 '신은 사랑을 이용해 천국 한가운데 지옥을 숨겨놓은 것 같다'던 이메일을 보낸 어느 독자의 말처럼 잔느 에뷔테른에게도 모딜리아니가 없는 삶은 지옥과 같았던 모양이다. 에뷔테른은 모딜리아니가 죽기 전에 병상에 누운 연인의 모습을 그림으로 남겼다. 에뷔테른은 어떤 마음으로 죽음과 서서히 가까워지는 연인을 화폭에 담았을까. 그녀가 그린 그림은 보는 사람으로 하여금 가슴을 아프게 한다.

이 시는 메타시 형식*으로 쓴 짧은 시론이라고 할 수 있다. 1연과 3연은 모딜리아니가 잔느에게 보내는 편지이고 2연은 잔느가 모딜리아니에게 보내는 편지이다. 특히 3연은 모딜리아니가 생전에 못 다 이룬 사랑을 천국에서나마 이루고자 하는 희망이 담겨 있다. 시인이 토해내는 시론은 절실하고 절박하다. 때문에 읽는 독자들에게도 그 마음이 쉽게 다가온다.

모딜리아니와 에뷔테른 이외에도 많은 예술가들에게 운

---

* 메타시 형식 : 시에 관한 시. 시의 어떤 속성에 관한 반성과 성찰과 인식을 추구하는 시편들을 총칭한다.

명 같은 사랑은 있었다. 대표적인 예로 한국 근대 미술의 거장 김환기와 이상의 마지막 부인 김향안 그리고 멕시코의 화가 프리다 칼로와 그의 연인 디에고 리베라, 20세기 추상 회화의 대표적인 화가 잭슨 폴락과 그의 아내 리 크레이스너, 팝아트의 거장인 앤디 워홀과 그의 뮤즈 에디 세즈윅 등이 있다. 그들이 변함없이 화폭에 담으려고 했던 것은 무엇이었을까. 그건 변치 않는 사랑과 그 사랑을 통해 꿈꾸었던 행복이 아니었을까.

나와 나타샤와 흰 당나귀

: 백석

가난한 내가
아름다운 나타샤를 사랑해서
오늘밤은 푹푹 눈이 나린다

나타샤를 사랑은 하고
눈은 푹푹 날리고
나는 혼자 쓸쓸히 앉어 소주를 마신다
소주를 마시며 생각한다
나타샤와 나는
눈이 푹푹 쌓이는 밤 흰 당나귀 타고
산골로 가자 출출이 우는 깊은 산골로 가 마가리에 살자

눈은 푹푹 나리고
나는 나타샤를 생각하고
나타샤가 아니 올 리 없다
언제 벌써 내 속에 고조곤히 와 이야기한다

산골로 가는 것은 세상한테 지는 것이 아니다
세상 같은 건 더러워 버리는 것이다

눈은 푹푹 나리고
아름다운 나타샤는 나를 사랑하고
어데서 흰 당나귀도 오늘밤이 좋아서 응앙응앙 울을 것이다

출출이 : 뱁새
마가리 : '오막살이'의 평안 방언
고조곤히 : '고요히'의 평북 방언

사랑은 이렇게 오지 않는 너를 기다리는 것

시인 백석의 대표작 〈나와 나타샤와 흰 당나귀〉는 많은 독자들로부터 사랑받고 있는 시이다. 이 시는 바로 백석이 그의 연인 자야를 두고 쓴 시이다. 시인 백석의 연인 자야 김영한, 그녀는 노년에 불교에 귀의하여 법정스님으로부터 길상화라는 법명을 받게 된다.

백석과 자야가 처음 만난 것은 백석의 학교 교사 회식 때이다. 26세였던 백석과 22세였던 자야는 첫 눈에 반하게 된다. 백석은 "오늘부터 당신은 내 영원한 마누라야. 죽기 전에 우리 사이에 이별은 없어요."라고 하며 '자야(子夜)'라는 아호를 지어주었다. 이후 백석이 서울로 올라와 청진동 자야의 집에서 시를 쓰기 시작하면서 둘은 사랑을 키워 나간다. 하지만 백석 부모님은 기생출신인 자야를 인정하지 않았고, 백석은 함께 만주로 떠나자고 하지만 자야는 고뇌하다 그와 함께 떠나지 않기로 결심한다. 그와 떠난다면 사랑하는 사람의 앞길을 막는 것이 두려웠던 건 아닐까. 결국 1939년 백석은 홀로 만주로 떠난다. 그러다 해방을 맞고 백석이 신의주에 있는 동안 6.25전쟁이 일어나게 된다. 그 후 분단된 남과 북에서 백석과 자야는 다른 삶을 살게 된다. 자야는 백석을 그리며 사업을 시작하고, 백석이 공부했던 영문학을 공부하며 돈과 지식을 쌓아간다. 혹여나 백석을 만나면 그가 편히 살 수 있도록 하기 위해 부끄럼없는 그의 사람이 되기 위해서였다고 한다. 자야는 돈을 모아 지금 길상사가 된 대원각을 매입해 요정을 열었고, 이 요정은 제3공화국 시절 주요 정, 재계 인사들의 단골요정으로 유명해진다.

노년에는 법정스님의 책 '무소유'에 감동하여 로스엔젤레스에서 법정스님을 만났을 때 대연각을 시주하겠다고 했지만 법정스님은 일언지하에 거절하였다고 한다. 그 후 자야는 법정스님에게 10년이란 세월 동안 간곡히 부탁해 1,000억 원에 달하는 대연각을 시주해 길상사를 세우게 된다.

창건법회에서 자야는 "저는 죄 많은 여자로 불교를 잘 모르나 이제 불교에 귀의했습니다. 저기 보이는 저 팔각정은 여인들이 옷을 갈아입는 곳이었습니다. 제 소원은 저기에서 맑고 장엄한 범종소리가 울려 퍼져 사람들의 마음을 어루만져 주기를 바라는 것입니다."라고 말했다 한다. 이때 한 기자가 "천억 원이나 되는 재산을 시주한 것이 아깝지 않은지, 어떤 마음으로 시주한 건지" 묻자, "없는 것을 만들어 드려야 큰일을 한 것인데, 있는 것을 드렸으니 별일 아니다. 내 가진 모든 것이 그 사람 백석의 시 한 수만 못 해"라고 말했다고 한다.

자야의 유언은 눈이 푹푹 나리는 날 길상사 뒤뜰에 유해를 뿌려달라는 것이었다. 1999년 11월 13일 눈이 소복히 내리던 날 길상사에서 마지막 밤을 보낸 그녀는 다음 날인 11월 14일 영면의 길로 떠난다. 그리고 그녀의 유언대로 유골은 길상사 뒤뜰에 뿌려진다.

> 눈은 푹푹 나리고 / 나는 나타샤를 생각하고 / 나타샤가 아니 올 리 없다 / 언제 벌써 내 속에 고조곤히 와 이야기한다

백석과 헤어지고 평생을 외롭게 살았던 자야 또한 백석과 길상사 뒤뜰에 앉아 고조곤히 얘기하고 싶었을 것이다.

남북문학회가 열렸을 때 남측 문인이 북측 문인에게 백

석에 대해 묻자 "러시아 시 번역하던 그 백석 말하는 건가" 라며 북한에선 전혀 이름이 없는 평범한 사람으로 살다가 갔다고 들려주었다 한다. 1962년 북한에서 창작활동이 금지된 이후 아무런 글도 발표하지 못한 채 어렵게 살다가 95년 1월, 세상을 떠났다고 전해진다.

30년을 넘게 절필당한 채로 소식조차 알 수 없었던 백석 그리고 그런 그를 60년 동안 그리워한 연인 자야.

"눈은 푹푹 나리고 / 아름다운 나타샤는 나를 사랑하고 / 어데서 흰 당나귀도 오늘밤이 좋아서 응앙응앙 울을 것이다"

사랑은 이렇게 오지 않는 너를 기다리는 것인가 보다.

사랑

: 박형진

풀여치 한 마리 길을 가는데

내 옷에 앉아 함께 간다

어디서 날아왔는지 언제 왔는지

갑자기 그 파란 날개 숨결을 느끼면서

나는

모든 살아있음의 제자리를 생각했다

풀여치 앉은 나는 한 포기 풀잎

내가 풀잎이라고 생각할 때

그도 온전한 한 마리 풀여치

하늘은 맑고

들은 햇살로 물결치는 속 바람 속

나는 나를 잊고 한없이 걸었다

풀은 점점 작아져서

새가 되고 흐르는 물이 되고

다시 저 뛰노는 아이들이 되어서

비로소 나는

이 세상 속에서의 나를 알았다
어떤 사랑이어야 하는가를
오늘 알았다.

한 줌 연둣빛과 세 되 향기, 다섯 섬 가슴앓이

8월 한여름의 풀여치 소리는 맑고 시원하다. 시인 박형진의 '사랑'을 읽고 있으면 어느새 마음은 푸른 풀밭에 가 있다. 이 시는 내가 좋아하는 시 중의 하나이다. 간결하고 쉬우면서도 많은 의미가 담겨져 있다. 이 시를 읽고 있노라면 나는 한 마리 여치가 되고 바람결에 나부끼는 풀잎이 되고 지저귀는 새가 되고 흘러가는 물이 되고 뛰어노는 아이가 된다. 길을 가는 데 풀여치 한 마리가 화자의 옷에 앉아 동행한다. 언제 어디서 날아왔는지 모르지만 화자는 풀여치 한 마리로 모든 살아있음에 감사하고 존재의 의미를 생각하게 된다. 풀여치가 앉은 화자는 한 포기 풀잎이 되고 그 풀잎이 온전히 화자가 될 때 풀여치도 완전한 풀여치가 된다. 하늘은 맑고 들은 햇살로 물결치는 바람 속, 화자는 자신을 잊고 한없이 걷는다. 화자는 점점 작아져서 새가 되고 물이 되고 다시 뛰노는 아이들이 되어서 이 세상 속에서의 진정한 자아를 깨닫게 된다. 어떤 사랑이어야 하는가를.

오늘을 살아가는 사람들의 사랑은 어떠한가. 나홀로족이 늘어나고 초식남이 생기고 고독산업이 미래소비의 또 다른 핵이 되어 버린 오늘. 보이톡스 신드롬이 일어나는 꽃보다 아름다운 중년. 보이톡스 신드롬이란 소년처럼 되기 위해 보톡스를 맞는 중년을 일컫는 말이다. 남성 구르밍족도 늘고 있다고 한다. 구르밍이라 표현하는 것은 말을 빗질하고 다듬는다는 것을 의미하는데 자신을 치장하는 일에 많은 지출과 소비를 한다는 뜻이다. IMF 이전에는 절약이 대세였다면 이후에는 경제를 활성화시키기 위해서 소비의 개념이 바뀌었다. 경제 패러다임으로 변동되었다고 볼 수 있다. 자신만을 치장하고 자기애에 빠진 사람들. 그런데 마음은 더 공허하고 외롭다. 외모나 보여주는 것이 중요한 것이 아니라 진실한 사랑이 필요할 때이다. 사랑은 무엇일까. 진정한 사랑의 의미는 내 자신이 아니라 상대방의 입장이 되어 생각해 보는 것이 아닐까.

만약 이 시의 제목이 풀여치라면 어땠을까. 풀여치의 심상에 한정되고 말 것이다. 그런데 시인은 풀여치 얘기를 하면서 사랑이라는 제목을 단다. 제목으로 인해 심상이 더 깊어졌다. 그만큼 제목이 중요하다는 의미이다. 아침마다 내게 따뜻한 싯구나 명언들을 보내 주는 이숙희 시인이 보내준 글 중에 가나모리 우라코의 글을 인용해 보려고 한다. 누구나 다 마음의 문을 여는 손잡이가 있다고 한다. 철학자 헤겔은 "마음의 문을 여는 손잡이는 마음의 안쪽에만 달려 있다"고 말했다. 그러므로 당신의 마음을 닫는 것도 여는 것도 모두 당신의 자유이다. 다른 사람이 강제로 열거나 닫을 수 없다. 만일 당신이 과거의 상처와 원망, 미움으로 인해 누군가에게 마음을 닫아버렸다면 당신의 닫힌 마음을 열 수 있는 사람은 바로 당신뿐이다. 마음의 문을 여는 손잡이는 마음의 안쪽에만 달려 있기 때문이다. 누군가를 용서하면 신기하게도 저절로 마음의 문인 손잡이를 돌리고 싶어진다. 헤겔은 "사랑에 의한 운명과의 화해"라는 말을 했다. 사랑이란 바꿔 말하면 용서와 관용을 가리킨다. 원망과 미움을 승화시키는 능력이다. 있는 그대로의 자신과 주위 사람들의 모습을 받아들이는 것이다. 사랑으로 용서하면 원망도 미움도 눈녹듯 사라진다. 그리고 과거로부터의 고통에서 벗어나 비로소 현재와 미래를 받아들일 수 있게 된다. 그렇게 되면 지금까지, 과거로부터 지금까지의 인생 전부를 받아들일 수 있게 된다. 과거의 모든 것을 받아들인다는 것은 지금과 미래의 모든 것을 받아들인다는 의미이다. 우리 인생에서 사랑만큼 크고 깊은 것이 있을까. 흔히 사랑을 하면 길가에 굴러다니는 돌조차 아름답게 보인다고 한다. 무의미한 것도 의미를 갖게 만드는 것이 사랑이 아닐까. 8월의 풀여치처럼 나보다 상대방의 입장에서 생각해 보면 어떨까. 한 여름날의 풀여치소리가 그리운 날에.

시래기, 코다리

: 이동주

눈 내리는 텅 빈 하늘
황량한 벌판 위 시린 바람에
내 몸은 얼어가고
너는 처마 밑 먼 그리움으로 말라가고 있다

어둔 바다 속 거칠게 춤추며
갈망했던 만남
너의 푸른 청춘 가슴을 욕망하다 그리움으로
밤을 동여매고
이루어질 수 없다는 절망으로 나를 버렸다

버려진 삶 위 마지막 소망 하나
너의 말라버린 가슴을 부여잡고
봄꽃처럼 아름답게 피어 그 여름 뜨거웠고
멀어져 가는 가을의 맑은 사랑 노래를
들려주고 싶다

하늘로 돌아가는 길에

마침내 너와 나 함께 한 날

바깥세상은 온통 붉게 물들고

사람들은 하객처럼 웃고 떠들고 있다

우리의 가슴 저린 만남을 축복이라도 하는 듯.

그대,
봄 앞에 서다

명태는 여러 가지 이름을 가지고 있다. 잡는 방법, 잡는 시기, 가공 방법, 지역 등에 따라 다양한 이름으로 불린다. 원래 이름은 명태지만 봄에 잡은 것은 춘태, 가을에 잡은 것은 추태, 겨울에 잡은 것은 동태라고 한다. 가공 방법에 따라서도 다양한 이름들이 있다. 생태는 얼리지 않은 생물 상태의 명태, 동태는 명태를 꽁꽁 얼린 것, 북어는 명태를 완전히 말린 것으로 건태라고도 한다. 황태는 겨울 내내 눈과 바람을 맞혀가며 말린 것, 노가리는 어린 명태를 말린 것, 코다리는 명태를 잡아다가 턱 밑에 구멍을 내어 겨울철 찬바람에 꾸덕꾸덕 반 건조한 것을 말한다.

사랑은 빛과 그림자를 따라 시시각각 변해 가는 해시계처럼 서로에게 잔잔한 파동을 그리며 변해 간다. 사랑은 신이 내린 가장 큰 선물이자 가장 큰 고통이다. 그러기에 우리는 행복과 절망의 끝을 동시에 경험한다.

세기의 연인, 에디트 피아프와 마르셀 세르당의 사랑이 지금까지 많은 사람들의 가슴을 울리는 것은 바로 그 비극성 때문이다. 〈장밋빛 인생〉으로 세계인의 사랑을 받았던 디바, 에디트 피아프와 전후 미들급 세계 챔피언이었던 권투선수 마르셀 세르당. 이 두 사람은 각자의 일 때문에 떨어져 지내면서도 편지를 주고받으며 그리움을 달랬다. 하지만 떨어져 있는 시간이 길수록 더해지는 애틋함은 결국 독이 되어 돌아온다. 피아프를 조금이라도 빨리 만나기 위해 선택한 비행기가 대서양에서 추락하고 만 것이다. 소식을 듣고 절망에 빠진 피아프는 이후 '죽은 연인을 위해' 못다한 사랑과 슬픔을 〈사랑의 찬가〉에 담아 노래한다. 훗날 프랑스의 많은 작가들이 그들의 사랑을 이야기로 풀어보려 했지만 그들이 직접 쓴 편지를 대신할 순 없었다고 한다.

아프지 않은 사랑이 어디 있으랴. 이동주 시인의 시 〈시래기, 코다리〉는 겨울의 시린 공기처럼 무덤덤하게 흐르는 듯 보여도 절절한 애틋함이 곳곳에 묻어난다.

눈 내리는 텅 빈 하늘/황량한 벌판 위 시린 바람에/내 몸은 얼어가고/너는 처마 밑 먼 그리움으로 말라가고 있다.

시인은 겨우내 처마에 내걸려 말라가는 무청과 황량한 벌판 위에서 얼어가는 명태의 모습 속에서 성숙이란 그리고 사랑이란 무엇인지를 떠올린다. 그리고 그렇게 자신의 삶과 존재를 조명하고 서로의 가슴에 절절히 새기는 겨울이 지나서야 봄 앞에 시래기와 코다리로 재회한다. 우리가 느끼기에 그의 시세계가 낯설지 않은 이유는 시 속에 현실적인 위로와 희망을 담아내기 때문이 아닐까. 영하 20도의 겨울을 이겨낸 용대리 코다리. 그대, 봄 앞에 서다.

빛과 그림자를 따라

시시각각 변해 가는 해시계처럼

서로에게

잔잔한 파동을 그리며 변해 간다.

사랑은 신이 내린 가장 큰 선물이자

가장 큰 고통이다.

그러기에 우리는 행복과

절망의 끝을 동시에 경험한다.

단추를 채우면서

: 천양희

단추를 채워보니 알겠다
세상이 잘 채워지지 않는다는 걸
단추를 채우는 일이
단추만의 일이 아니라는 걸
단추를 채워보니 알겠다
잘못 채운 첫 단추, 첫 연애 첫 결혼 첫 실패
누구에겐가 잘못하고
절하는 밤
잘못 채운 단추가
잘못을 깨운다
그래, 그래 산다는 건
옷에 매달린 단추의 구멍 찾기 같은 것이야
단추를 채워보니 알겠다
단추도 잘못 채워지기 쉽다는 걸
옷 한 벌 입기도 힘들다는 걸

사랑하기 딱 한 걸음

독일의 대문호 괴테가 말했다. “첫 단추를 잘못 끼우면 마지막 단추는 끼울 곳이 없다”고. 우리는 괴테의 말에서 세상의 모든 일은 시작이 중요하다는 이치를 깨닫는다.

단추를 채우는 일은 일회적인 것이 아니라 늘 반복되는 일상적인 행동이다. 하지만 천양희 시인은 단추를 제대로 채우지 못한 상황에서는 그 일상이 단순한 것이 아님을 깨닫는다. 그는 그제야 자신을 되돌아볼 시간을 갖는다. 그리고 사소한 일상 속 행위가 자신이 살아온 인생과 크게 다르지 않다는 사실을 깨달았을 때, 그는 인생에 대한 놀라운 통찰력을 얻는다. 시인은 맑고 따스한 인간미 안에 그가 단추를 통해 알게 된 깨달음을 녹여 애환의 절실함이 어떤 것인지 보여준다. 또한 균형 잡힌 정서와 밀도 있는 시어를 사용하여 일상에서 발견되는 초극의 의미를 시적으로 표현한다.

세상은 잘라놓은 천 조각을 하나하나 꿰매어 놓은 조각

보처럼 연결되어 있다. 마찬가지로 삶 또한 단춧구멍을 찾는 일처럼 작은 데서부터 비롯된다. 우리가 가끔 단추를 잘못 채우는 실수를 하듯이 세상살이 역시 마음먹은 대로 채워지지 않는 법이다. 잘못 채운 단추가 잘못을 깨운다. 마음속에 잘못 채운 단추 하나쯤 품고 있다면 이참에 슬며시 꺼내어보자. 어쩌면 우리도 그 단추를 통해 세상을 볼 수 있을지도 모르는 일이니.

우리가 가끔 단추를

잘못 채우는

실수를 하듯이

세상살이 역시

마음먹은 대로 채워지지 않는 법이다.

잘못 채운 단추가

잘못을 깨운다.

황홀한 거짓말

: 유안진

〈사랑합니다〉

너무도 때묻힌 이 한마디밖에는

다른 말이 없는 가난에 웁니다

처음보다 더 처음인 순정과 진실을

이 거짓말에다가 담을 수밖에 없다니요

한겨울밤 부엉이 울음으로

여름밤 소쩍새 숨넘어가는 울음으로

〈사랑합니다〉

샘물은 퍼낼수록 새물이 되듯이

처음보다 더 앞선 서툴고 낯선 말

〈사랑합니다〉

목젖에 걸린 이 참말을

황홀한 거짓말로 불러내어 주세요.

황홀하기
그지없는 거짓말

사랑을 해본 사람이라면 안다. 한 사람을 사랑하는 일이 얼마나 아름답고, 숨 막히게 황홀한 일인지를. 그리고 〈사랑합니다〉 이 한 마디가 얼마나 가슴 떨리는 말인지를. 시인 유안진은 단 한 사람에게만 향하는 애정을 사랑이란 말로 대체하기엔 충분치 않지만, 더 나은 말을 찾을 수 없기에 우리는 그 마음을 '사랑'에 담는다고 말한다.

이해인 수녀의 시 〈말의 빛〉에서는 이 〈사랑합니다〉를 가리켜 '쓰면 쓸수록 정드는 오래된 말, 닦을수록 빛을 내며 자라는 고운 우리말, 억지 부리지 않아도 하늘에 절로 피는 노을빛, 나를 내어주려고 내가 타오르는 빛'이라고 했다. 나누면 나눌수록 커지는 것이 진정한 사랑이다. 하지만 요즈음 인스턴트 같은 일회성 사랑으로 '사랑'이라는 단어가 빛을 잃고 가난해져 끝내는 거짓말이 되어 버린다. 목젖을 타넘지 못하고 가슴 안에서만 맴돌던 서툰 사랑, 소쩍새 숨넘어가는 울음으로 외쳤던 그 수줍은 사랑이 그립기만 하다.

오늘 하루는 가족에게, 연인에게, 우리의 이웃들에게 그리고 소외된 모든 이들에게 사랑을 고백해 보는 건 어떨까. 이 세상 어느 것과도 바꿀 수 없는 보석 같은 말, 〈사랑합니다〉 이 참말을 황홀하기 그지없는 거짓말로 불러내어 주세요.

목젖을 타넘지 못하고

가슴 안에서만

맴도는 서툰 사랑,

소쩍새 숨넘어가는

울음으로 외쳤던

그 수줍은 사랑이 그립기만 하다.

통영統營

: 백 석

옛날에 통제사統制使가 있었다는 낡은 항구의 처녀들에겐 옛날이 가지 않은 천희千姬라는 이름이 많다

미역오리같이 말라서 굴껍지처럼 말없이 사랑하다 죽는다는

이 천희千姬의 하나를 나는 어느 오랜 객주客主집의 생선 가시가 있는 마루방에서 만났다

저문 유월六月의 바닷가에선 조개도 울을 저녁 소라방등이 불그레한 마당에 김냄새 나는 비가 나렸다

미역오리 : 미역 가닥

굴껍지 : 굴껍질

소라방등 : 소라껍질로 만든 등잔

자다가도 일어나
달려가고픈 곳, 통영

통영의 봄은 참 달고 맛나다. 싱싱한 횟감은 물론 향긋한 도다리쑥국에 살이 달고 찰진 졸복국, 둘이 먹다 하나 죽어도 모른다는 멍게 비빔밥까지 눈만 감아도 입 안 가득 향긋하다. 한순간 바다 속으로 미끄러진 붉은 해처럼 통영은 하늘도 바다도 사람도 사랑도 동백꽃까지도 붉디붉다. 어느새 마음은 통영 봄 바다를 향해 달려간다. 시인 백석이 통영을 "자다가도 일어나 달려가고픈 곳"이라고 말했던 것처럼.

친구의 결혼식에서 우연히 통영여자 박경련을 만나 첫눈에 반한 백석은 그녀를 만나기 위해 통영으로 향한다. 하지만 방학이 끝나 서울로 돌아가게 된 그녀를 다시 만날 수는 없었다. 그렇게 백석은 사랑하는 여인을 그리는 울울하고 처연한 감정을 담아 〈통영〉을 쓴다.

미역오리같이 말라서 굴껍질처럼 말없이 죽는다는 통영 처녀들은 사실 백석 자신의 애틋한 사랑을 가리킨다. 그리고 소라방등이 불그레한 그윽함 속에 김냄새 나는 비가 내리는 날, 그는 천희의 하나인 박경련을 만난다. 천희는 처녀를 처니라고 부르던 경상도 발음을 백석이 은유적으로 표현한 말이다. 박경련과 재회하게 된 백석은 그녀에게 청혼을 하지만 거절당하고 만다.

"내 눈에는 박경련이 난蘭이로 보인단 말이야. 나는 앞으로 아름다운 것을 난이라고 부를 테야."

박경련을 향한 백석의 애틋한 사랑은 끝내 이루어지지 못한다. 하지만 그는 많은 작가들이 가슴 저리게 쓰고 부르던 통영을 '세월이 흘러도 변함없이 아름다운 곳'으로 붙잡아두고 그리워한다.

잊혀진 언어를 복원해 북방의 정서를 잘 살리는 높고 쓸쓸한 시인 백석. 해방 이후 북한을 선택해 우리나라 문학사에서 대중화되지는 못했지만 1987년 그의 시는 해금될 때까지 오산고보 후배인 화가 이중섭, 박수근 등을 포함해 시인 김기림, 노천명, 윤동주, 신경림 등에 이르기까지 많은 예술가들에게 영감을 주었다.

백석을 만날 수 있어 더없이 행복한 곳이 바로 통영길이다. 아름다운 섬들이 옹기종기 모여 있는 통영 앞바다에선

갯바람이 바다내음을 끊임없이 실어온다. 오늘밤 자다가도 일어나 달려가고픈 곳, 그곳이 바로 통영이다.

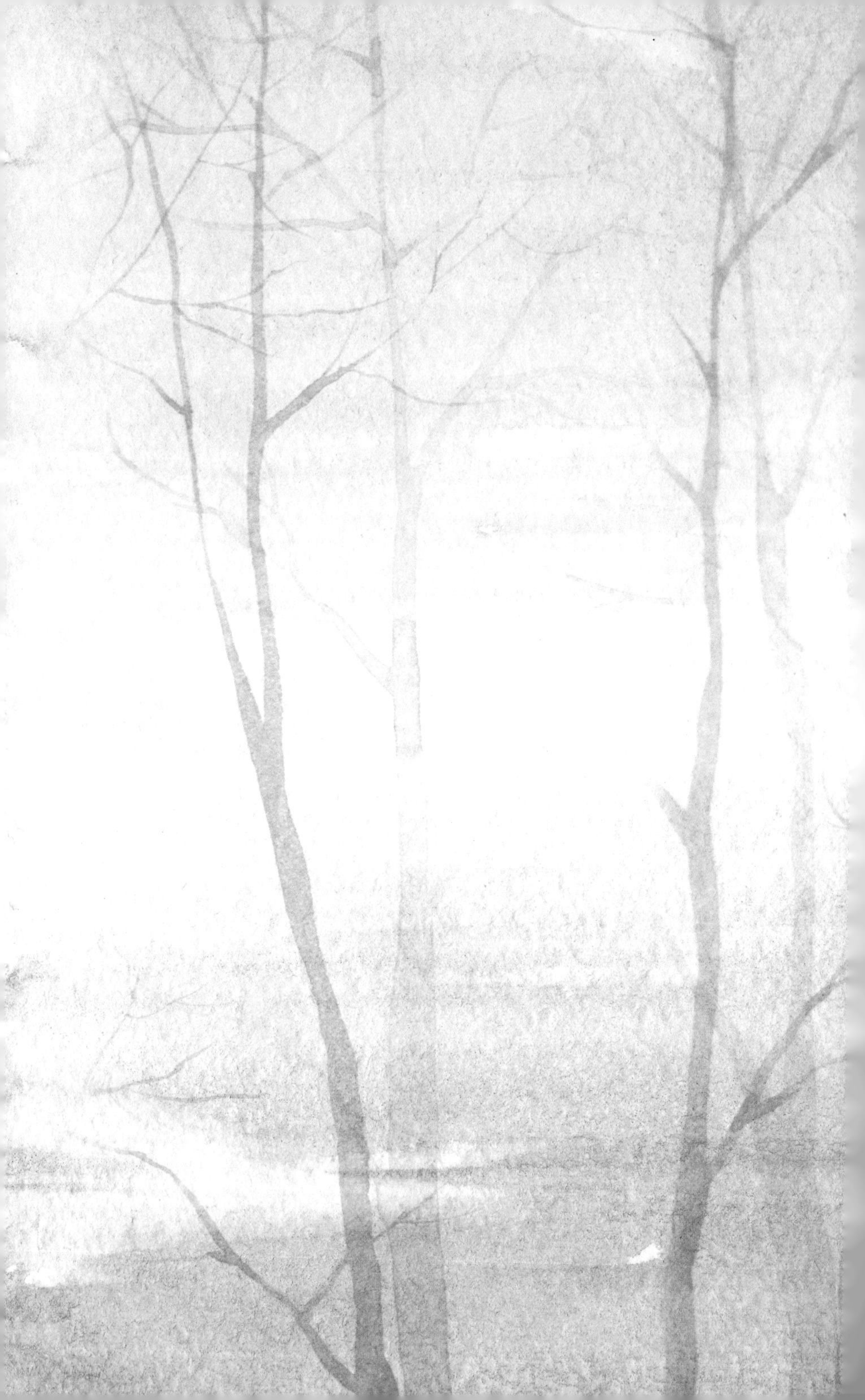

2장

우리는 그저 모두 상처받은 사람일 뿐

나무 1

－지리산에서

: 신경림

나무를 길러본 사람만이 안다
반듯하게 잘 자란 나무는
제대로 열매를 맺지 못한다는 것을
너무 잘나고 큰 나무는
제 치레하느라 오히려
좋은 열매를 갖지 못한다는 것을
한 군데쯤 부러졌거나 가지를 친 나무에
또는 못나고 볼품없이 자란 나무에
보다 실하고
단단한 열매가 맺힌다는 것을

나무를 길러본 사람만이 안다
우쭐대며 웃자란 나무는
이웃 나무가 자라는 것을 가로막는다는 것을
햇빛과 바람을 독차지해서
동무 나무가 꽃 피고 열매 맺는 것을

훼방한다는 것을

그래서 뽑거나

베어버릴 수밖에 없다는 것을

사람이 사는 일이 어찌 꼭 이와 같을까만

사람 사는 일이
꼭 이와 같을까만

영장산에는 '시詩와 함께하는 등산로'가 있다. 그 등산로를 따라 오르면 나무 등걸에 걸려 있는 시구들이 가슴을 따뜻하게 한다. 퇴근 후 지친 마음을 달래기 위해 오른 그곳에서 나는 신경림의 시, 〈나무 1 지리산에서〉와 만났다.

그는 초기작 몇 편으로 문단에 이름만 등록하고 다시 문단에 복귀하기까지 10년이라는 시간 동안 고향 근처를 떠돌며 실의의 세월을 보낸다. 그러면서 자신보다 더 가난하고 억울한 민중의 삶을 목격한다. 그때 그의 시는 큰 전환점을 맞는다. "오늘날 우리의 시는 너무 크고 높은 것만 좇고 있다. 그래서 자잘한 삶의 결, 삶의 얼룩은 다 놓치고 있는 것이 아닌가." 그는 문학의 길이 낮은 곳에서부터 출발해야 한다고 생각했다. 때문에 그는 민중을 소재로 역사의식과 민중의식을 시로 형상화한 민중시의 새로운 경지를 연다. 그런 점에서 신경림의 시는 밀레와 같은 농민화가가 되고자

했던 빈센트 빌렘 반 고흐의 초기 그림과 닮았다. 그는 농민들의 궁핍한 삶, 황폐한 광산, 떠돌이 노동자들, 도시 변두리의 뿌리 없는 삶을 작품에 녹여 사실적으로 그려냈다. 또한 빈센트 반 고흐의 그림이 극한의 상황에서 더 밝고 화사하게 피어났던 것처럼 신경림의 시 또한 서럽고 고단한 삶을 아궁이에 지핀 불이 모락모락 피어오르는 따스한 시세계로 옮겨놓았다.

시인 신경림은 〈나무 1 지리산에서〉에서 그가 바라는 인간적 삶을 '나무'에 간접적으로 형상화한다. 그는 '사람 사는 일이 꼭 이와 같을까만'이라고 말하지만, 나무를 통해 우리의 삶을 뒤돌아보게 한다. 인생길에 넘어져 피가 난 생채기에 아까정끼(아이오딘 지혈제)도 발라보고 가슴앓이도 해 보면서 인간의 내면은 성숙해진다. 숱한 고난과 역경은 우리가 진정한 성취를 이룰 수 있도록 도와준다. 그는 그것을 담백하게 말하고 있지만 구체적인 묘사와 섬세한 표현만으로도 탄탄한 서정성을 만들어 낸다.

신경림은 민중의 삶 속 깊은 곳은 외면하고 이상을 향해 이끌어 가려고만 하는 시의 뒷모습을 안타까워한다. 그는 시집 〈길〉의 후기에서 이렇게 토로한다. "시가 욕심을 가지는 것이 과연 올바른 일인가. 시는 본질적으로 작고 하찮은 것, 못나고 힘없는 것, 보잘 것 없는 것을 돌보고 감싸 안으며 스스로 낮고 외로운 자리에 함께 서서 그들과 하나 되는 데 있는 것이 아닐까. 또 그것이 시의 참 길은 아닐까." 우리, 적어도 내 시작詩作은 지금 어디에 서 있는지 생각해 볼 문제다.

인생길에 넘어져

피가 난 생채기에

아까정끼(아이오딘 지혈제)도 발라보고

가슴앓이도 해 보면서

인간의 내면은 성숙해진다.

창호지

: 민용태

우리의 내부와 외부를 가르는 것은
이 얇다란 종이 하나
북풍이 칼날을 휘둘러도
우리는 이 창호지 하나를 방패로
겨울을 난다
구름의 포를 뜬 창호지는
그러나 작은 바람결에도 곧잘 약하게 운다
실은 창호지는 눈물에 약하다
작은 눈물바람에도 가슴이 허문다
푸른 하늘에 연이 되고 싶었을까
고명한 선비의 붓 끝에
영생을 얻고 싶었을까
창호지에는 연한 풀잎의 힘줄이 드러나 보인다
갈기갈기 찢기울지언정 부서지지는 않는다
차라리 상여 위에 꽃으로 필지언정
그 자리에서 깨어지지 않는다

깨어지기보다는 오히려 깃발이 되어

펄럭이며 소리치는

실은 대기의 사촌쯤 되는

우리네 하얀 마음

너와 나의 등불을 지키는 것도

실은 이 얇다란 창호지 하나다.

구름에 포를 뜬

옛날에는 꽃피는 봄날이 되면, 떼어낸 나무 문짝을 볕 잘 드는 자리에 기대어 놓고 창호지를 바르곤 했다. 누덕누덕 붙은 창호지를 말끔하게 뜯어내고 밀가루 풀을 쑤어 새로운 창호지를 발라놓으면 탱글탱글 당겨 마른 창호지가 여간 보기 좋은 것이 아니었다. 가을에는 무늬를 새기겠다고 예쁜 단풍잎이며 국화꽃을 창호지 사이에 넣어 놓기도 했다. 그 단아하고 청초한 문풍지에 빨간 단풍잎 하나 끼워놓으면 그 하나에 정이 쌓이고 그리움이 쌓였다.

시인 민용태는 진정한 시인이자 철학자다. '인생은 B(Birth)와 D(Death) 사이의 C(Choice)이다.' 프랑스의 현대 철학자인 사르트르가 의식의 유무로 세계를 두 영역으로 갈랐듯, 그는 창호지를 우리의 내부와 외부를 가르는 것이라고 말한다. '너와 나의 등불을 지키는 것도/실은 이 얇다란 창호지 하나다.'처럼 그의 시는 일필휘지一筆揮之로 그려낸 사군자처럼 절제된 기법이 돋보인다. 특히나 '구름의 포를 뜬/창호지'라는 표현은 혀를 내두르게 할 정도로 군더더기 없이 아름답다. 하지만 이 시는 거기에서 그치는 것이 아니라 민중의 상처 또한 돌보려 한다.

창호지에는/연한 풀잎의 힘줄이 드러나 보인다/차라리 상여 위에 꽃으로 필지언정/그 자리에서 깨어지진 않는다/깨어지기보다는 오히려 깃발이 되어/펄럭이며 소리치는/실은 대기의 사촌쯤 되는/우리네 하얀 마음

'연한 풀잎의 힘줄'은 곧 민중의 저항이다. 하지만 그의 시 속에서 상처 입은 민중들은 갈기갈기 찢겨 울지언정 부서지지는 않는다. 시인은 불의에 굴하지 않고 일어서서 끝내 승리하고 마는 우리의 질긴 민족적 속성을 '연한 풀잎의 힘줄'로 표출하고 있다.

동양화의 진수는 여백의 미에 있다. 여백은 여운과 비움에 있다. 채우지 않음으로써 채우는 기쁨을, 서두르지 않는 여유로움을, 종결이 아닌 추월성을 우리는 보고 느낄 수 있다. 때문에 우리네 창호지 문에는 한두 개의 꽃잎만 피어 있

다. 이제 곧 꽃피는 봄이 온다. 우리네 마음도 새하얀 창호지처럼 봄을 맞을 채비를 할 시기가 왔다.

그 단아하고 청초한 문풍지에
빨간 단풍잎 하나 끼워놓으면
그 하나에 정이 쌓이고
그리움이 쌓였다.

Splendor in the Grass

⋮ William Wordsworth

What though the radiance which was once so bright

Be now forever taken from my sight,

Though nothing can bring back the hour

Of splendor in the grass, of glory in the flower

We will grieve not, rather find

Strength in what remains behind;

In the primal sympathy

Which having been must ever be;

In the soothing thoughts that spring

Out of human suffering;

In the faith that looks through death

In years that bring the philosophic mind.

초원의 빛

: 윌리엄 워즈워드

한때 그처럼 찬란했던 광채가
이제 눈 앞에서 영원히 사라졌다한들 어떠하리

초원의 빛, 꽃의 영광 어린 시간을
그 어떤 것도 되돌려놓을 수 없다한들 어떠하리

우리는 슬퍼하지 않으리, 오히려
뒤에 남은 것에서 힘을 찾으리라

지금까지 있었고 앞으로도 영원히
있을 본원적인 공감에서

인간의 고통으로부터 솟아나
마음을 달래주는 생각에서

죽음 너머를 보는 신앙에서
그리고 지혜로운 정신을 가져다 주는 세월에서

영화관 밖에서 영화처럼

어린 시절에는 누구나 풀 한 포기, 꽃 한 송이 속에서도 장려함과 영광을 찾는다. 하지만 우리가 자라면서 환상은 일상의 빛 속으로 서서히 사라진다. 1961년에 제작된 영화 〈초원의 빛〉은 1920년대 캔자스의 작은 마을에서 일어나는 한 남녀의 사랑이야기를 그리고 있다. 첫사랑의 추억을 간직하는 사람에게 이 영화는 잔잔한 감동과 애틋함이 가슴 절절히 다가올 것이다. 특히 첫사랑이자 한때 연인이었던 윌마와 버드가 재회하는 마지막 장면은 두고두고 보아도 애잔하고 뭉클하다.

결혼을 앞둔 윌마는 첫사랑의 추억이 서린 버드의 농장을 찾아간다. 재회한 두 사람은 여전히 서로를 사랑하지만 이미 서로 다른 길에 서 있기에 그 마음을 묻기로 한다. 작별인사를 하고 돌아서 나가는 윌마를 불러 세운 버드는 "잘 가."라고만 말할 뿐이다. 그때 기다렸다는 듯 애절한 눈빛으로 돌아보는 윌마의 낙담한 표정이란. 버드와의 짧은 만남을 끝으로 되돌아가는 초원길에서 윌마는 하얀 드레스를 휘날리며 마음속으로 워즈워드의 시 〈초원의 빛〉을 읊조린다. 서서히 멀어져 가는 농장의 풍경 속에 〈초원의 빛〉 한 구절이 흐르는 이 장면의 애틋함은 더 이상 말로는 표현이 불가능하다.

이 시는 〈어린 시절을 회상하여 영생불멸을 깨닫는 노래〉라는 208행에 걸친 송시의 일부분이다. 워즈워드는 이 시에서 어린 시절에 보는 사물은 모두 꿈같은 생기와 광휘에 싸여 있다고 말한다. 하지만 성장하면서 그 '찬란한 빛'을 잃어가는 현실을 안타까워한다. '젊음의 상실은 곧, 모든 경험을 둘러싸고 있는 생기와 광휘의 상실을 의미한다.'는 것이다. 그렇다면 우리에겐 영원한 상실만이 존재할까. 찬란한 환상을 되찾을 수 있는 방법은 무엇일까. 그는 그것을 '뒤에 남은 것'이라고 말한다. 그것은 바로 근원적인 공감, 즉 인간의 고통으로부터 솟아나 마음을 달래주는 생각 또는 죽음을 투시하는 믿음이다. 또한 사색하는 마음이 생길 때, 그 속에서 힘을 찾을 수 있다고 한다. 세월이 지나면 고통 속에서 위로를 찾는 방법을 배우고 살아갈 힘을 얻게 되는 것이다.

초원의 빛, 꽃의 영광 어린 시간을 그 어떤 것도 되돌려 놓을 수 없다한들 어떠하리. 우리는 슬퍼하지 않으리, 오히려 뒤에 남은 것에서 힘을 찾으리라.

여기 적힌 먹빛이 희미해질수록
당신을 향한 내 마음이 희미해진다면
난 당신을 잊겠습니다.

여기 적힌 먹빛이 희미해질수록
당신을 사랑하는 마음이 희미해진다면
이 먹빛이 하얗게 마르는 날
나는 당신을 잊을 수 있겠습니다.

우리에겐

영원한 상실만이 존재할까.

찬란한 환상을

되찾을 수 있는 방법은

무엇일까.

게발선인장 가시

: 이숙희

손톱 밑 가시가 일어선다
장가간 아들 왜 자꾸 넘겨짚느냐고
핀잔 남기고 돌아간 날
손톱 밑 가시가 찌른다
명절에 모인 형제자매들
별 뜻 없이 던진 말
눈 흘기며 돌아오는 길
게발선인장 가시 성가시다
친구모임에 아는 척 나서다가
말 사이사이 가시 박힐 때
다음 달 안 나갈 거라고
낮에 먹은 생선가시 가시 박는다
노는 데 미쳐 늦게 들어온 날
핑계거리 둘러대다 속 보여주고
양볼에 붉은 가시가시 솟는다
가끔씩 먼 산 바라보며 지나쳐온 길

살아가며 헤어지고 싶었던 길
잦은 이사로 길 잃은 낯선 길
집문서 사업밑천으로 날려버리고
대답 없는 잔가시들 대못처럼
걸어와 속살에 박혔다
이제는 풀죽어 집문서 고이 모시고
살아온 살아갈 날 가시 박힌 별들
서쪽 하늘 찌르고 있다.

사랑에 늦었다는 말은 없다

시인 이숙희의 시는 색으로 치자면 복숭아꽃 같다. 붉지도 희지도 않지만 왠지 따뜻하고 고운 색감이 느껴진다. 그의 시에서는 마음을 비운 풍경소리도 들리고 행여 밟을세라 들꽃 향 좇아 살금살금 다가가는 순박한 소녀도 보인다. 큰 산처럼 보듬고 품어 줄 수 있는 어머니의 사랑도 있고 사랑을 희구하는 여인의 모습도 있다. 시인 이숙희 시 '게발선인장 가시'는 시인의 진솔한 일상이 잘 녹아져 있다. 시인은 자신의 은밀한 상처에 말걸기를 시도해 본다.

누구나 수천수만 가지 사연이 있겠지마는 이숙희 시인의 시에서는 막막한 어둠 속에서도 시인만이 가지는 삶에 대한 긍정적 메시지가 전해진다. 사람과 희망에 대해 밀고 나감으로써 다른 누구에게서도 찾아볼 수 없는 긍정의 시세계를 일궈내고 있다. 삶의 질곡에서 절망을 견뎌 내고 그 속에서 진정한 비움을 희구하는 자세가 어떠해야 하는가를 말해주고 있다.

이숙희 시인의 진솔한 이야기들은 가끔은 투정부리듯이, 때로는 담담하게 풀어 나가고 있다. 그의 시에는 탁월한 감수성으로 삶의 한 고비를 넘어온 어머니의 여유로움과 따스함, 포용력이 느껴진다. 현실 속에서도 삶의 아름다움을 볼 줄 아는 시인의 눈이 따뜻하다. 시인의 손톱 밑 가시가 자꾸 일어선다. 장가간 아들네가 궁금해서 이것저것 물어보면 돌아오는 것은 핀잔뿐. 명절에 모인 형제자매들 별 뜻 없이 던진 말에 상처 입기도 하고, 친구모임에 아는 척 나섰다가 말 사이사이 가시 박힐 때 다음 달 안 나갈 거라고 마음먹기도 한다. 시인은 가끔씩 먼 산을 바라본다. 살아가면서 헤어지고 싶었던 길도 있었고, 잦은 이사로 힘겨웠던 일도 있었을 것이고 집문서를 사업밑천으로 날려버리고, 대답없는 잔가시들이 대못처럼 걸어와 속살에 박히기도 했다. 이제는 풀이 죽어 집문서 고이 모시고 살지만 앞으로 살아갈 날들도 당당히 맞서겠다는 의지가 보인다. 시인은 제목을 왜 '게발선인장 가시'라고 붙였을까. 게발선인장은 게의 집게발을 닮았다고 해서 붙여진 이름이다. 다른 이름으로는 크리스마스에 핀다고 해서 '크리스마스 선인장'이라고 불리기도 한다.

게발선인장은 여느 선인장과 같지만 꽃이 참 이쁘다. 그리고 그 꽃은 인고의 계절인 겨울에 핀다. 시인의 삶도 게발선인장 가시처럼 아프지만 그 삶을 긍정의 눈으로 보듬고 품어줘서 아름다운 꽃을 피운다.

'가물치가 들어 있는 항아리 속의 청어는 오래 산다고 한다. 가물치 때문에 살집이 떨어져 나가고 곤경에 처할 때도 많지만, 생명을 위협하는 존재가 생명력을 증폭시키는 대상이 되기도 하기 때문'이라고 한다. 여리고 작은 물고기 같았던 시인의 삶은 어느새 가물치 같은 운명의 공격과 위협을 온몸으로 받아내며 성숙해 왔다. 그 성숙함이 시인의 시에 잘 응축되어 있다. 그래서인지 시인 이숙희의 시는 시적 공감대가 확장되어 있다. 비움과 내려놓음의 미학이다. 슬픔을 삼킨 여인이 바라보는 세상이 보인다. 현실을 묵묵히 이겨내고 자신만의 긍정의 사유로 포기하지 않겠다는 의식의 영역이 그녀의 시세계를 확장시키고 있다.

게발선인장은

여느 선인장과 같지만 꽃이 참 이쁘다.

그리고 그 꽃은

인고의 계절인 겨울에 핀다.

시인의 삶도 게발선인장 가시처럼 아프지만

그 삶을 긍정의 눈으로 보듬고 품어줘서

아름다운 꽃을 피운다.

시詩

: 파블로 네루다

그러니까 그 나이였어…… 시가
나를 찾아왔어. 몰라. 그게 어디서 왔는지
모르겠어. 겨울에서인지 강에서인지.
언제 어떻게 왔는지 모르겠어.
아냐. 그건 목소리가 아니었고, 말도
아니었으며, 침묵도 아니었어.
하여간 어떤 길거리에서 나를 부르더군.
밤의 가지에서,
갑자기 다른 것들로부터
격렬한 불 속에서 불렀어.
또는 혼자 돌아오는데 말야
그렇게 얼굴 없이 있는 나를
그건 건드리더군.

나는 뭐라고 해야 할지 몰랐어, 내 입은
이름들을 도무지

대지 못했고

눈은 멀었으며,

내 영혼 속에서 뭔가 시작되어 있었어.

열이나 잃어버린 날개.

또는 내 나름대로 해보았어.

그 불을

해독하며

나는 어렴풋한 첫 줄을 썼어.

어렴풋한, 뭔지 모를, 순전한

넌센스.

아무것도 모르는 어떤 사람의

순수한 지혜,

그리고 문득 나는 보았어

풀리고

열린

하늘을,

유성들을,

고동치는 논밭

구멍 뚫린 그림자,

화살과 불과 꽃들로

들쑤셔진 그림자,

휘감아 도는 밤, 우주를

그리고 나, 미소한 존재는

그 큰 별들 총총한

허공에 취해

신비의

모습에 취해,

나 자신이 그 심연의

일부임을 느꼈고,

별들과 더불어 굴렀으며,

내 심장은 바람에 풀렸어.

시란 시를 필요로 하는 사람의 것이야

"시란 쓴 사람의 것이 아니라, 그 시를 필요로 하는 사람의 것이야. 시는 말로 설명할 수 없어. 가슴을 활짝 열고 시의 고동 소리를 들어야 해. 해변을 거닐며 주변을 둘러보게. 그러면 메타포Metaphor*가 나타날 거야."

파블로 네루다 하면 영화 〈일 포스티노〉가 떠오른다. 〈일 포스티노〉는 현대 라틴아메리카에서 가장 주목받는 작가인 안토니오 스카르메타의 대표작, 〈네루다의 우편배달부〉를 영화화한 작품이다. 가난한 우편배달부 마리오는 첫눈에 반한 소녀, 베아트리체의 마음을 잡기 위해 네루다에게 시를 써달라고 조른다. 하지만 네루다는 메타포를 가르쳐줄 뿐이다. 시작이 어떠했던 간에 순박한 청년에 불과했던 마리오는 시를 배우면서 점차 성장하고 시를 통해 자유와 인권을 부르짖는 투사가 된다. 자체가 하나의 메타포인 이 영화는

---

* 메타포(Metaphor) : 은유

한 편의 시가 새로운 삶과 사랑을 이끌어내는 장면을 소박하면서도 아름답게 그린다.

파블로 네루다는 민중을 사랑한 칠레의 민중 시인이자 천재적인 서정 시인이다. 그는 감각적인 언어와 초현실적인 표현으로 사소한 것조차도 심오한 아름다움을 가지게 한다. 네루다는 "시는 어둠 속을 걸으며 인간의 심장을, 여인의 눈길을, 거리의 낯선 사람을, 해가 지는 석양 무렵이나 별이 빛나는 한밤중에 최소한 한 줄의 시를 필요로 하는 사람들과 대면해야 한다."고 말한다. 영화의 마지막 장면에 흐르는 이 '시詩'는 우리가 매일 보는 하늘과 유성, 논밭과 어둠, 밤과 우주 그리고 우리가 매일 사용하는 언어가 시가 되는 그 순간을 생생하게 보여준다. 때문에 정현종 시인은 네루다의 시를 "언어가 아닌 하나의 생동"이라고 말한다. 그리고 민용태 시인은 그 생동감을 열대성 또는 다혈성으로 표현한다.

책장 한 구석에 자리 잡은 파블로 네루다의 시집을 볼 때면 이념 사이에서 갈등하던 젊은 시절이 떠오른다. 네루다의 시는 인간이면 누구나 겪게 되는 끊임없는 변화를 대변한다. 시는 우리들이 삶에서 겪는 좌절로부터 위안을, 슬픔으로부터 기쁨을 선사하며 위기를 극복하고 인간답게 살게 하는 데 큰 역할을 한다. 시를 쓰고 읽는 일은 자기 자신에 대한 해명이고 확인이다. 우리는 시를 읽고 인생의 의미와 존재 가치를 발견한다. 시인이란 건 그렇다. 이름 모를 풀잎에서 우주를 보고 스치는 바람에서 섭리를 보는 그리고 미처 보지 못했거나 알려고 하지 않았던 사물 뒤의 속마음을 알아차리는 것이 바로 시인이다.

효자가 될라 카머

-김선굉 시인의 말

: 이종문

아우야, 니가 만약 효자가 될라 카머
너거무이 볼 때마다 다짜고짜 안아뿌라
그라고 젖 만져뿌라, 그라머 효자 된다
너거무이 기겁하며 화를 벌컥 내실끼다
다 큰 기 와이카노, 미쳤나, 카실끼다
그래도 확 만져뿌라, 그라머 효자 된다

우리도 부모의 말년을 아름답게 꾸며 드려야 하지 않을까

〈여담〉

"김선굉은 이 세상에서 농담과 욕설을 가장 아름답게 하는 시인이다. 이종문과는 호형호제하면서 이심전심하는 사이다. 이 시는 고향으로 가는 이종문에게 김선굉이 한 말을 바탕으로 쓴 것이다. 이종문은 이 시를 쓰고 나서 어머니를 볼 때마다 젖을 만지는 바람에 제법 효자가 되었으며, 마찬가지로 이 시 덕분에 효자가 된 사람이 꽤 된다고 한다. 아버지에게 효자가 되려면 어디를 만지면 되느냐고 전화로 묻는 독자가 있어 같이 웃기도 했다."

〈시평〉

언젠가 어머니께 4남매 중에 누가 가장 마음에 쓰이냐고 여쭌 적이 있다. 아무리 나이를 먹어도 어머니 눈에는 어린 자식이라고 어머니는 내 머릴 쓰다듬으며 이렇게 말씀하셨다. "집 나간 자식이 집에 돌아올 때까지 아픈 자식 다 나을 때까지, 마음 아픈 자식 그 마음 다 나을 때까지가 가장 마음에 쓰이지. 누군들 마음이 안 쓰이겠니. 너도 엄마가 되어 보려무나. 그게 다 부모 마음이란다."

'신은 자신의 사랑을 모두에게 줄 수 없어 어머니라는 존재를 이 땅에 보내셨다.'는 말이 있다. 우리에게 어머니는 신과 같이 전지전능한 존재다. 그러나 내리사랑은 있어도 치사랑은 없다는 말처럼 요즘 부모님을 신과 같이 여기는 사람은 없다. 〈어린왕자〉의 작가 생텍쥐페리는 "부모가 우리의 어린 시절을 꾸며 주었으니, 우리도 부모의 말년을 아름답게 꾸며드려야 한다."고 말했다. 하지만 우리는 '생활이 여유로워지면'이라는 기약 없는 약속으로 효도를 외면한다. 일찍이 공자는 〈논어〉에서 자식의 입장에서 생각하는 것이 아닌 부모의 입장에서 생각하는 것이 효孝라고 밝혔다. 공경함이 없는 물질적인 봉양은 참된 효도가 아니란 것이다. 이런 점에서 시인 이종문의 〈효자가 될라 카머〉는 우리에게 많은 생각을 하게 한다.

이 시는 구수한 경상도 사투리를 시어로 사용하여 시의 향토적인 이미지를 잘 살려낸다. 또한 어머니의 품에 안겨 어리광을 피우는 상황의 제시를 통해 친근한 광경을 섬세하게 묘사한다. 나이가 들수록 멀어져 가는 자식들을 보며 쓸쓸해할 어머니에게 살가운 행동으로 기쁨을 안겨 드리는 그 모습이 참 정겹고 아름답다. 그런 것이 바로 효孝가 아닐까. 효에는 기한이 있다. 부모님의 시간은 우리가 '여유로워질 때까지' 기다려주지 않는다. 살아생전에 해야 할 효도를 돌아가신 후에 한들 무슨 소용이 있겠는가. 그럼, 오늘 단 하루만이라도 어머니 젖가슴에 안겨 어리광을 피워 보는 건 어떨까. 아무 말 없이 그저 믿고 바라봐주신 우리의 어머니에게. 어머니, 사무치도록 사랑합니다.

가을 엽서

: 안도현

한 잎 두 잎 나뭇잎이
낮은 곳으로
자꾸 내려앉습니다
세상에 나누어줄 것이 많다는 듯이

나도 그대에게 무엇을 좀 나눠주고 싶습니다

내가 가진 게 너무 없다 할지라도
그대여
가을 저녁 한때
낙엽이 지거든 물어보십시오
사랑은 왜
낮은 곳에 있는지를

사랑은 왜 낮은 곳에 있는지를

일 년에 네 번, 광화문 교보문고 빌딩의 글판은 새 옷을 입는다. 나는 글판이 바뀔 때마다 하나의 계절이 가고 또 다른 계절이 돌아옴을 실감한다. 이번 글판에는 안도현 시인의 〈가을 엽서〉 일부분이 걸렸다. '낙엽이 지거든 물어보십시오. 사랑은 왜 낮은 곳에 있는지를'

안도현 시인은 전통적 서정시에 뿌리를 두면서도 자신의 경험을 통해 사회의 본모습을 섬세하게 그려내는 시인으로 평가받는다. 그는 순수한 젊음의 시각에서 역사와 삶을 서정적으로 그려내기도 하고 사소해 보이는 풍물을 애잔하고 낭만적으로 시화하기도 한다. 안도현의 〈가을 엽서〉는 소임을 다하고 낮은 땅으로 돌아가는 낙엽을 통해 진정한 사랑의 의미가 무엇인지를 돌아본다. 시인은 '그대여/가을 저녁 한때/낙엽이 지거든 물어'보라 말한다. '사랑은 왜 낮은 곳에 있는지를'. 우리들은 명예나 재물을 충분히 가지고 있으면서도 더 가지기 위해 허덕인다. 탐욕으로 얼룩진 삶은 행복할 수 없다. 우리는 강물이 가장 높은 곳에서 가장 낮은 곳으로 내려가기를 마다하지 않는 이유를 알아야만 한다. 사랑이 낮은 곳에 있기 때문이다. 심지어는 앞만 보고 내달리느라 지나쳐 버린 소소한 행복들마저 그곳에 있다.

언제나 달려가고픈 엄마의 따스한 품, 아기의 해맑은 웃음, 함께 울고 웃는 친구, 늦잠을 자고 일어났을 때의 나른함, 코끝을 건드리는 향긋한 커피 한 잔의 여유. 우리는 우리가 가진 것이 얼마나 큰 행복인지를 깨달을 때, 낮은 곳을 바라보며 감사한 마음을 느낄 수 있다.

나는 빈 쭉정이가 아닌 알맹이가 꽉 찬 모습으로 나이 들고 싶다. 향기 그윽한 국화차 한 잔을 마시며 올가을에도 또박또박 정성들여 쓴 엽서를 그리운 사람에게 띄우는 그런 사람이 되고 싶다.

우리는 강물이
가장 높은 곳에서 가장 낮은 곳으로
내려가기를 마다하지 않는
이유를 알아야만 한다.
사랑이 낮은 곳에 있기 때문이다.

낙타

: 신경림

낙타를 타고 가리라, 저승길은
별과 달과 해와
모래밖에 본 일이 없는 낙타를 타고.
세상사 물으면 짐짓, 아무것도 못 본 체
손 저어 대답하면서,
슬픔도 아픔도 까맣게 잊었다는 듯.
누군가 있어 다시 세상에 나가란다면
낙타가 되어 가겠다 대답하리라.
별과 달과 해와
모래만 보고 살다가,
돌아올 때는 세상에서 가장
어리석은 사람 하나 등에 업고 오겠노라고.
무슨 재미로 세상을 살았는지도 모르는
가장 가엾은 사람 하나 골라
길동무 되어서.

우리의 고단한 삶을 위로하는

서걱이는 모래사막을 느릿느릿 걸어가는 낙타를 보라. 구부정한 다리와 굳은 살 박힌 무릎, 붙인 듯 너덜너덜해진 털을 달랑거리며 터벅터벅 길을 걷는 저 낙타를 보라. 시인 신경림의 〈낙타〉를 읽으면 시를 동반하는 시인의 삶이 녹록지만은 않다는 것을 깨닫는다.

낙타는 별과 달과 해와 모래밖에 본 적이 없는 존재다. 그는 세상사에 초연하려는 초월적 의지를 가지고 삶을 달관하는 존재이며, 저승길의 동반자이자 화자와 동일시되는 대상이다. 때문에 화자는 절대자, 즉 신이 누군가 있어 다시 세상에 나가란다면 낙타가 되어 가겠다고 답한다. 돌아올 때는 세상에서 가장 어리석은 사람 하나 등에 업고 오겠노라고. 여기서 어리석은 사람은 화자가 추구하는 삶을 반어적으로 형상화한 존재다. '무슨 재미로 세상을 살았는지도 모르는 가장 가엾은 사람' 역시 화자가 이상적으로 여기는 존재를 반어적으로 표현한 것이다.

낙타는 등에 지고 있는 짐이 무겁고 힘들어도 기꺼이 제 등을 빌려주며 하루하루를 살아간다. 그 모습이 누군가의 짐을 대신 짊어지고 그저 막막한 빌딩 숲속을 걸어가는 우리를 연상케 한다. 신경림의 〈낙타〉는 그런 우리의 고단한 삶을 위로한다. 있는 그대로의 삶에 대한 깨달음과 희구, 그 존재 자체가 바로 삶이라는 것을. 문득 오늘도 긴 속눈썹을 껌벅이며 묵묵히 모래사막을 걷고 있을 낙타가 그리워진다.

신경림의 〈낙타〉는

그런 우리의 고단한 삶을 위로한다.

있는 그대로의 삶에 대한

깨달음과 희구,

그 존재 자체가 바로 삶이라는 것을.

가재미

: 문태준

김천의료원 6인실 302호에 산소마스크를 쓰고 암투병중인 그녀가 누워 있다
바닥에 바짝 엎드린 가재미처럼 그녀가 누워 있다
나는 그녀의 옆에 나란히 한 마리 가재미로 눕는다
가재미가 가재미에게 눈길을 건네자 그녀가 울컥 눈물을 쏟아낸다
한쪽 눈이 다른 한쪽 눈으로 옮아 붙은 야윈 그녀가 운다
그녀는 죽음만을 보고 있고 나는 그녀가 살아온 파랑 같은 날들을 보고 있다
좌우를 흔들며 살던 그녀의 물속 삶을 나는 떠올린다
그녀의 오솔길이며 그 길에 돋아나던 대낮의 뻐꾸기 소리며
가늘은 국수를 삶던 저녁이며 흙담조차 없었던 그녀 누대의 가계를 떠올린다
두 다리는 서서히 멀어져 가랑이지고
폭설을 견디지 못하는 나뭇가지처럼 등뼈가 구부정해지던

그 겨울 어느 날을 생각한다
  그녀의 숨소리가 느릅나무 껍질처럼 점점 거칠어진다
  나는 그녀가 죽음 바깥의 세상을 이제 볼 수 없다는 것을 안다
  한쪽 눈이 다른 쪽 눈으로 캄캄하게 쏠려버렸다는 것을 안다
  나는 다만 좌우를 흔들며 헤엄쳐 가 그녀의 물속에 나란히 눕는다
  산소호흡기로 들이마신 물을 마른 내 몸 위에 그녀가 가만히 적셔준다

상실의 시간을 통해 우리가 얻는 선물

〈애인 있어요〉로 잘 알려진 가수 이은미는 우울증으로 힘들었던 시기에 우연히 한 편의 시를 읽고 소리 내어 울어 본 적이 있다고 한다. 한 편의 시가 위로와 격려가 될 수 있다는 사실은 시의 위대함을 잘 보여주는 단면이라고 할 수 있다. 우울증으로부터 이은미를 구한 시는 어떤 시일까. 그 시는 바로 문태준의 대표적인 시, 〈가재미〉다.

〈가재미〉는 죽음을 앞둔 여자와 그 모습을 바라보는 남자의 절절한 소통을 그리고 있다. 파랑 같은 기억 속 장면들이 언어의 표면으로 인화되어 삶과 죽음의 의미를 탐색하고 그 시간 동안의 상흔들이 담담하게 여운을 남긴다.

'김천의료원 6인실 302호에 산소마스크를 쓰고 암 투병중인 그녀가 누워 있다/바닥에 바짝 엎드린 가재미처럼 그녀가 누워 있다/나는 그녀의 옆에 나란히 한 마리 가재미로 눕는다.' 시인은 암 투병중인 여자에게서 가재미의 모습을 발견한다. 바닥에 납작 엎드린 가재미가 꼭 침대에 바로 누워 있는 여자 같다. 그 모습을 지켜보는 시인도 그녀의 옆에서 한 마리 가재미가 된다. '한쪽 눈이 다른 한쪽 눈으로 옮아 붙은 야윈 그녀가 운다/그녀는 죽음만을 보고 있고 나는 그녀가 살아온 파랑 같은 날들을 보고 있다.' 파랑은 바람이 불어서 생기는 수면상의 물결이 다른 해역으로 진행하면서 감쇠하여 만들어지는 너울을 말한다. 그녀가 살아온 파랑 같은 날들은 곧 그녀의 굴곡진 삶을 가리킨다. '그녀의 숨소리가 죽음 바깥의 세상을 이제 볼 수 없다는 것을 안다/한쪽 눈이 다른 쪽 눈으로 캄캄하게 쏠려버렸다는 것을 안다/나는 다만 좌우를 흔들며 헤엄쳐 가 그녀의 물속에 나란히 눕는다/산소호흡기로 들이마신 물을 마른 내 몸 위에 그녀가 가만히 적셔준다.' 두 눈이 한쪽에 몰려 붙어 있는 가재미는 다가오는 죽음만을 응시하는 환자의 모습을 상징한다. 오로지 병실의 침대에만 누워 있어야 하는 여자의 모습을 시인은 가슴 저미며 보았을 것이다. 그러다 그도 눈이 쏠린 가재미가 되어 그녀 옆에 눕는다. 그는 그녀가 무엇을 보든 중요치 않다. 그저 같은 모습으로 옆에 누워 그녀를 바라볼 뿐이다. 이제 가재미는 두 마리다. 더 이상 그녀는 그에게서 이상한 물고기가 아니다. 야윈 그녀가 운다. 다가오는 죽음에 대한 두려움 때문에 결국 그녀는 울음을 터뜨리고 만다. 하지만 그런 상황에서도 말라가는 시인의 몸을 적셔준다. 시인은 대신 그녀 옆에 누워 지난 세월을 돌아본다. 그리고 그녀가 놓쳐 버린 시간들을 다시 잡아주기로 한다. 비록 그녀가 사는 시간이 그와 다르다고 해도.

사랑이란 그런 것이 아닐까 싶다. 좋을 때는 물론이고 힘들고 아픈 시기에 함께 슬퍼하고 함께 이겨나가는 것 그리고 조용히 손 내밀어 주는 것. 이런 것이 진정한 사랑이 아닐까.

좋을 때는 물론이고
힘들고 아픈 시기에 함께 슬퍼하고
함께 이겨나가는 것
그리고 조용히 손 내밀어 주는 것.
이런 것이 진정한 사랑이 아닐까.

농업박물관 속 허수아비

: 이창훈

사랑은 저렇게
두 팔을 활짝 벌리고 있는 것

준비된 말도 없이
하얀 손을 흔들며
먼 기억 속으로 너는 가고

먼 하늘에서
은빛 사금파리를 떨구며
어깨에 내려와 쉬던
새들도 깃들지 않는다

허공에 들린 발
바닥에 박힌 못은
녹슬어 가는 안간힘으로
땅에 뿌리박은지 오래
올 수도 갈 수도 없는

기다림은 얼마나 참혹한가

바람이 바람처럼 스쳐 지나간
빈들의 적막은 그 얼마나 공포스러운가

황무지의 아스팔트길
붉은 신호등을 건너
황사처럼 몰려오는 자여

사랑이 없는 빈 몸이라고
함부로 말하는 자여

빈껍데기의 몸으로라도
오지 않을 것을 기다려보지 못한 자여

사랑은 이렇게 두 팔을 활짝 벌리고
오지 않을 너를 맞이하는 것

사랑하는 것과
사랑받는 것

이창훈 시인의 시편들은 경험을 바탕으로 하면서도 자기만의 세계에 갇혀 있지 않고 사회나 학교 안에서 일어날 수 있는 사건들을 섬세하고 따뜻한 시각으로 그려내고 있다. 순수한 젊음의 시각에서 사랑을 서정적으로 그려내기도 하고 현실에 대한 성찰이나 시대적 문제와 마음의 갈등을 시화하기도 한다. 그의 시는 마력을 지녔다. 짧고 함축된 시어 속에 인간 근원의 고독과 사랑을 담아 우리 앞으로 다가온다.

시인 이창훈의 시 〈농업박물관 속 허수아비〉는 그리운 대상에 대한 절망의 애수를 보여주고 있다. 사랑과 이별을 통해 깨달음을 얻고 그 깨달음을 통해 초월의 세계로 비상하려는 시인의 시적 태도를 발견할 수 있다. 인간이라면 누구나 사랑과 이별, 그리움을 겪게 마련이기 때문이다.

그의 시를 읽다 보면 그의 적잖은 삶의 깊이가 묻어나온다. 사랑하는 사람이 내게 돌아오지 않더라도 그리워하며, 행복을 빌어주는 애틋함과 절절함이 잘 묻어 있다.

진정한 사랑이란 무엇일까? 진정한 사랑이란 조건 없이 주는 것이다. 사랑을 받는 것보다 주는 것에서 찾을 수 있다는 평범한 진리를 '사랑은 저렇게/두 팔을 활짝 벌리고 있는 것'이라고 표용의 자세로 일관하고 있다. '준비된 말도 없이/하얀 손을 흔들며/먼 기억 속으로 너는' 갔지만 '허공에 들린 발/바닥에 박힌 못은/녹슬어 가는 안간힘으로/땅에 뿌리박은지 오래'인 농업박물관 속 허수아비처럼 시적 화자는 '사랑은 저렇게/두 팔을 활짝 벌리고' 오지 않을 너를 기다린다. 오직 한 사람만을 향해 열린 간절함이 시공을 초월해 경계를 허물고 기다림으로 익어가는 시간이다. 이 시는 농업박물관 속 허수아비를 시적 화자로 상상의 폭을 확장하고 생동감 있는 시어로 잔잔한 감동을 주고 있다.

이 시의 1연과 마지막 연에서는 반복적으로 사랑받기보다 사랑하는 것의 소중함과 행복의 가치를 강조하고 있다. 주는 사랑의 미학을 찾아내고 그 외로운 길을 기꺼이 걸어가며 완성해 가는 것이 화자의 생각이다.

이창훈 시인은 정제된 형식을 갖고 있어 시류에 휩쓸리

지 않으려는 강한 의지를 읽을 수 있다. 그것은 그의 시의 여력 때문일 것이다. 고통이 인간적인 것이라면 시도 인간적인 것이라고 했다.

사랑하는 일에도 슬픔과 고통이 따른다. 사랑이란, 사랑하는 사람의 아픈 곳을 어루만져 주고 눈물을 닦아 주는 일이기 때문이다. 고난과 슬픔을 함께 나누는 사람의 뒷모습은 얼마나 아름다운가. 상처 난 조개에서 아름다운 진주가 생기듯이 시인 이창훈은 고통받고 소외된 사람들에 대한 시선이 따뜻하다. 인생이라는 미지의 여행에 시를 동반하며 걸어가는 이창훈 시인의 삶은 큰 바오밥나무처럼 대지에 견고하게 뿌리를 내린 채, 사유를 고양시킬 것을 권하고 스스로 실천하는 그야말로 진정한 시인이다.

사랑하는 일에도
슬픔과 고통이 따른다.
사랑이란, 사랑하는 사람의
아픈 곳을 어루만져 주고
눈물을 닦아 주는 일이기
때문이다.

나무

: 곽혜란

나무의 문을 두드리면
나무는 문을 열고
들어오라 내 손을 잡아끌지
나무는 할 말 많은
내 사정은 뒤로 하고
제 이야기에 열을 올리지
이따금 다른 나무 흉도 보면서
초저녁 별 한 잎 띄운 차 한 잔 권하네

사방은 온통 초록세상
더러는 연두색과 갈색이
묘한 조화를 이루는,
돈도 명예도
어디에 소용될 곳 없는 나무들의 터에서

우리는 연록빛 우러난 차 후후 불어 마시면서

오래 마주 보고 있었네

때로는 계곡물소리에 귀를 기울이며
때로는 길을 묻는 바람에게 대꾸도 해주면서
나는 나무에게 나무는 나에게
그냥 오래 입어 늘어난 옷 같은 사이
별로 바라는 것도 없이

단단한 껍질을 가진 나무에게는 문이 있다네
그 문 안에는 동그란 식탁과 동그란 찻잔
동그란 사이가 있다네
우린 지금 동글동글
열매를 키우고 있다네

오래 입어
목이 늘어난 옷 같은

날선 회색 도시를 걷다가 문득 나무와 마주하면 나무는 언제든 반갑게 문을 열고 따뜻한 모성으로 우릴 보듬는다. 우리는 그런 자연의 품 안에서 동그란 열매를 키워간다. 시인 곽혜란, 그의 시에서 느껴지는 따스함은 앞서 말한 나무의 품속과 같다. 이 시는 '오래 입어 목이 늘어난 옷 같은' 나무에 우리의 실존 그리고 삶에 대한 애정 어린 눈빛과 사랑을 '초저녁 별 한 잎 띄운 차 한 잔 권하네'와 같이 참신한 이미지로 꾸밈없이 드러낸다.

그의 시는 철학적이다. 그래서인지 사유가 깊다. 이 시는 대체로 잔잔하게 흐르지만 우리에게 현실적인 위로와 희망을 건넨다. 시 속에서 행복한 웃음소리가 들리는 이유는 아마도 미래는 밝을 것이라는 시인의 믿음 때문일 것이다.

곽혜란 시인은 세속적 가치나 자기 성취에 안주하지 않는 자유로운 정신의 소유자다. 또한 모든 기성적 가치를 털고 넘어서기를 소망하는 자유인이기도 하다. 그에게 시란 내밀한 숙제를 푸는 도구이자 길이다. 시인 곽혜란은 그 길 위에서 자신을 삭이고, 녹이고, 꿰매고, 들여다보는 인고의 시간을 견뎌내야 인간이 성숙해진다고 말한다. 그 시간을 견디면 공기처럼 가벼워진 자신이 하늘을 떠도는 것 같은 부유함을 맛볼 수 있다고. 성숙이라는 것은 자신만의 생각을 절실하게 새기고 자신의 삶과 존재를 성찰하는 시기를 말한다. 그의 시세계가 낯설지 않은 이유는 그 때문이 아닐까.

사평역에서

: 곽재구

막차는 좀처럼 오지 않았다
대합실 밖에는 밤새 송이눈이 쌓이고
흰 보라 수수꽃 눈시린 유리창마다
톱밥난로가 지펴지고 있었다
그믐처럼 몇은 졸고
몇은 감기에 쿨럭이고
그리웠던 순간들을 생각하며 나는
한줌의 톱밥을 불빛 속에 던져주었다
내면 깊숙이 할 말들은 가득해도
청색의 손바닥을 불빛 속에 적셔두고
모두들 아무 말도 하지 않았다
산다는 것이 때론 술에 취한 듯
한 두름의 굴비 한 광주리의 사과를
만지작거리며 귀향하는 기분으로
침묵해야 한다는 것을
모두들 알고 있었다

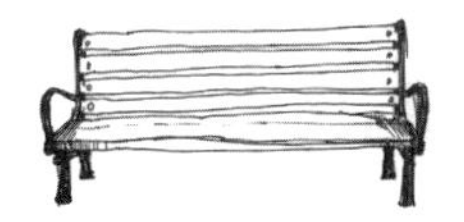

오래 앓은 기침소리와
쓴 약 같은 입술담배 연기 속에서
싸륵싸륵 눈꽃은 쌓이고
그래 지금은 모두들
눈꽃의 화음에 귀를 적신다
자정 넘으면
낯설음도 뼈아픔도 다 설원인데
단풍잎 같은 몇 잎의 차창을 달고
밤열차는 또 어디로 흘러가는지
그리웠던 순간들을 호명하며 나는
한줌의 눈물을 불빛 속에 던져주었다.

잊혀지는 것과
사라지는 것

완행열차만 서는 조그마한 간이역에는 한결같이 가난하고 소외된 모습의 사람들이 톱밥난로 주위에 모여 있다. 대합실 안의 사람들은 피곤에 지쳐 졸기도 하고, 오래 앓은 기침을 쿨럭이기도 하며 조용히 막차를 기다린다. 그들은 산다는 것이 때론 술에 취한 듯, 한 두름의 굴비 한 광주리의 사과를 만지작거리며 귀향하는 기분으로 침묵해야 한다는 것을 모두 알고 있다. 침묵은 삶이 얼마나 무겁고 버거운 일인지를 깨닫게 한다. 대합실 사람들은 모두 고된 삶에 지친 얼굴을 하고 있다. 때문에 내면 깊숙이 할 말들은 가득해도 청색의 손바닥을 불빛 속에 적셔두고 모두들 아무 말도 하지 않는다. 이들을 위로하는 것은 그저 고비를 넘기면 그리운 순간들이 되돌아올 것이라는 희망뿐이다.

화자는 사람들의 고단한 삶과 애환을 따뜻한 시선으로 바라본다. 그리고는 그들을 위해 난로 속에 톱밥 한 줌을 던져 넣는다. 화자는 어쩔 수 없이 받아들일 수밖에 없고 어떻게 흘러가는지 알 수 없는 것이 삶이고 인생이라고 말한다. 그러나 누구에게나 아름다운 추억 하나쯤은 있기 마련이다. 화자 또한 따뜻하기만 한 지난날을 떠올리며 한줌의 톱밥을 한줌의 눈물로 승화시킨다.

부질없는 세월은 부지런히 흐른다. 간이역의 아침은 고요하다. 그 속에서 도시의 부속품으로 살아온 '나'는 풍경과 하나가 된다. 회색빛 정지화면 같은 모습 속에 어디선가 흘러들어온 누렁이만이 살아있다. 멀리서 정적 소리가 들리고서야 고요한 간이역에는 잠깐 동안 생기가 돈다. 아무도 타지 않고 아무도 내리지 않는 기차가 떠나면 변방의 간이역에는 또다시 침묵이 흐른다. 무릎 높이만 하던 수숫대는 그새 사람 키를 넘겼다. 그 세월을 아는지 모르는지 기차는 단 한 번도 뒤돌아보지 않고 제 갈 길을 간다. 간이역은 곧 저 너머에 새 역사가 들어선다고 불안해하지 않는다. 대신 사라지는 것을 선택한다. 현실 속의 간이역은 사라지지만 추억 속에선 영원히 기억될 테니까.

3장

슬픔을 세탁하는 방법

용서의 꽃

: 이해인

당신을 용서한다고 말하면서
사실은 용서하지 않은
나 자신을 용서하기
힘든 날이 있습니다

무어라고 변명조차 할 수 없는
나의 부끄러움을 대신해
오늘은 당신께
고운 꽃을 보내고 싶습니다

그토록 모진 말로
나를 아프게 한 당신을
미워하는 동안

내 마음의 잿빛 하늘엔
평화의 구름 한 점 뜨지 않아

몹시 괴로웠습니다

이젠 당신보다
나 자신을 위해서라도
당신을 용서하지 않을 수가 없습니다
나는 참 이기적이지요?

나를 바로 보게 도와준
당신에게 고맙다는 말을
아직은 용기가 없어
이렇게 꽃다발로 대신하는
내 마음을 받아주십시오.

상처는 친밀감을 먹고 산다

누군가가 "세상에서 가장 어려운 것이 무엇이냐?"하고 물으면, 나는 그것이 "죄를 짓지 않는 것과 용서하는 일"이라고 답할 것이다. 죄를 짓지 않고 사는 것은 정말 어려운 일이다. 하지만 그보다 더 어려운 일이 바로, 용서하는 것이다.

옛날 어느 도시에 경쟁관계에 있던 상인 둘이 있었다. 이들은 온종일 어떻게 하면 앞의 상점이 망할지 궁리했다. 어느 날, 보다 못한 하느님이 두 사람을 화해시키기 위해 천사를 내려 보냈다. 천사는 한쪽 상인에게 이런 제안을 했다.

"하느님께서 당신에게 큰 선물을 내릴 겁니다. 당신이 재물을 원하면 재물을, 장수를 원하면 장수를, 자녀를 원하면 자녀를요."

상인은 그런 천사의 제안을 반겼다.

"단, 조건이 있습니다."

연신 고개를 숙이는 상인에게 천사가 말했다.

"당신이 무엇을 원하든 당신의 경쟁자는 두 배를 얻게 될 겁니다. 당신이 금화 10개를 원하면 그는 금화 20개를 얻게 되는 거죠."

천사는 덧붙여 말했다.

"그와 화해를 하세요. 하느님께선 당신에게 교훈을 주려는 겁니다."

하지만 상인은 천사의 생각과는 달리, "제가 무엇을 바라든지 다 이뤄진다는 말씀이지요?" 하고 되물었다. 천사가 고개를 끄덕이자 상인은 결심한 듯 말했다.

"그럼 제 한쪽 눈을 멀게 해주십시오."

임정희 시인은 〈용서〉라는 시에서 신은 우리의 허물을 조건 없이 용서하고 우리는 자신의 그릇만큼만 허물을 용서하게 된다고 말한다. 그만큼 용서란 '나'라는 자아를 철저히 죽이지 않고는 불가능하다. 달마 대사는 "너그러울 때는 온 세상을 다 받아들이다가도 한번 옹졸해지면 바늘 하나 꽂을 자리가 없으니"라며 한탄했다. 그도 그럴 것이, 우리가 용서하기 어려워하는 사람들은 대개 나와 긴밀한 관계를 가지고 있던 사람이기 때문이다. 상처는 친밀감을 먹고 산다고 한때 다정했던 사람, 신뢰했던 사람이었기에 이제는 바늘조차 꽂을 수 없을 만큼 마음이 오그라든 것이다. 때문에 이해인 시인은 상대방이 아니라 나 자신을 위해 용서해야 한다고 말한다. "용서야말로 가장 잔인한 복수"라고 간디가 말하지 않았던가. 이처럼 우리 가슴 어디쯤 용서하지 못한 이가 있다면 나를 위해 잿빛 하늘의 커튼을 활짝 열어보는 건 어떨까.

우리 가슴 어디쯤

용서하지 못한 이가 있다면

나를 위해

잿빛 하늘의 커튼을

활짝 열어보는 건 어떨까.

Love, like you've never been hurt.

: Alfred D. souja

Dance, like nobody is watching you.

Love, like you've never been hurt.

Sing, like nobody is listening you.

Work, like you don't need money.

Live, like today is the last day to live.

사랑하라,
한번도 상처받았던 적이 없는 것처럼

: 알프레드 D. 수자

춤추라, 아무도 너를 바라보지 않는 것처럼

사랑하라, 한 번도 상처받았던 적이 없는 것처럼

노래하라, 아무도 듣고 있지 않은 것처럼

일하라, 돈을 필요로 하지 않는 것처럼

살아라, 오늘이 사는 마지막 날인 것처럼

오늘이
마지막인 것처럼

“만약 오늘이 인생의 마지막 날이라면.”

우리의 시간은 그렇게 길지만은 않다. 우리가 무심코 내뱉는 말과 무신경한 행동이 사랑하는 사람들과 나누는 마지막 인사가 될지도 모르는 일이다. 우리는 짧은 인생을 비극이라고 말하지만, 비극의 진정한 단면은 단순히 정말 중요한 것이 무엇인지를 너무 늦게 깨닫는 데에 있다. 영국의 극작가 조지 버나드 쇼의 묘비에는 “우물쭈물하다 내 이럴 줄 알았지”라는 글귀가 새겨 있다. 결국 누구에게나 한 번뿐인 인생, 연습도 복습도 예습도 필요치 않은 것이 우리네 인생이다. 한 시인은 말한다. “오늘이 마지막인 것처럼” 지금 이 순간을 살라고. 사랑하고 춤추고 노래하고 일하며 삶을 살아가라고.

이 시는 알프레드 디 수자가 작자 미상의 시를 인용하여 쓴 시이다. 이 시인의 작품은 자잘한 상처로 아파하는 우리의 마음과 영혼에 따뜻한 위로를 건네어 치유하는 힘이 있다. 그리고 앞만 보고 달리는 우리가 쉽게 놓치고 마는 삶의 소중함을 되찾도록 도와준다. 그는 타인의 시선 속에 갇힌 우리에게 그 부정적인 시선이나 힘든 삶에 굴복하지 않고, 마지막까지 타오르는 촛불처럼 열정적으로 살아가라고 충고한다.

엘리자베스 퀴블러 로스는 〈인생수업〉에서 "사랑은 언제나 우리의 삶 속에, 모든 아름다운 경험 속에, 때로는 비극 속에 존재한다. 사랑은 삶에 깊은 의미를 불어 넣는 순수한 재료이다. 사랑은 살아 있고 만질 수 있고, 우리 안에서 숨쉬고 있다. 우리는 손을 뻗어 그것을 붙잡기만 하면 된다." 고 말한다. 인생은 정해진 답 없이 각자의 주관을 써 내려가는 논술형 문제이자 언제나 가슴 뛰는 것을 찾아 떠나는 모험이다. 때문에 우리는 행복하기 위해 서로를 사랑하게 하고, 춤추게 하고, 노래하게 하고, 일하게 하는 삶을 찾아야 한다. 그리고 눈을 뜨는 매일 아침, 우리에게 똑같이 주어진 선물 같은 하루를 사랑해야 한다. 한번도 상처받지 않은 사람처럼 우리의 삶 속에, 때로는 비극 속에 존재하는 그 사랑을.

섬진강 매화꽃을 보셨는지요

: 김용택

매화꽃 꽃 이파리들이
하얀 눈송이처럼 푸른 강물에 날리는
섬진강을 보셨는지요
푸른 강물 하얀 모래밭
날선 푸른 댓잎이 사운대는
섬진강가에 서럽게 서보셨는지요
해 저문 섬진강가에 서서
지는 꽃 피는 꽃을 다 보셨는지요
산에 피어 산이 환하고
강물에 져서 강물이 서러운
섬진강 매화꽃을 보셨는지요
사랑도 그렇게 와서
그렇게 지는지
출렁이는 섬진강가에 서서 당신도
매화꽃 꽃잎처럼 물 깊이
울어는 보았는지요

푸른 댓잎에 베인
당신의 사랑을 가져가는
흐르는 섬진강 물에
서럽게 울어는 보았는지요

사랑, 그렇게 와서 그렇게 지는

반짝이는 강물 위로 매화꽃 향기가 떠오르면 섬진강에는 비로소 봄이 찾아온다. 하얀 꽃 노란 속살, 섬진강 물길 따라 흐드러지게 핀 매화는 강물도 내 마음도 금세 취하게 한다. 매화꽃 질 무렵의 하늘엔 졸음에서 막 깨어난 벚나무가 팝콘 터뜨리듯 꽃을 피워내고, 바람은 어두컴컴한 터널 안에 화사한 벚꽃 길을 연다. 햇볕에 몸을 뉘인 산비탈의 연초록 차나무는 꽃길의 끝에 서서 미움도 마음도 어지러움도 모두 반겨 준다. 붉은빛 물비늘이 강물에 젖어들 즈음엔 거랭이 들고 재첩 잡던 어부들도 노을을 낚으며 하나 둘 나루로 돌아온다.

텃밭에/흙 묻은 호미만 있거든/예쁜 여자랑 손잡고/
섬진강 봄물을 따라/매화꽃 보러 간 줄 알그라
〈김용택의 '봄날'〉

섬진강에 오면 처음 만나는 생경함과 인심 좋은 사람들로 마음이 포근해진다. 절제된 언어로 자연의 일부를 삶 속으로 끌어오는 섬진강 시인 김용택이 왜 섬진강을 떠나지 못하는지 이곳에 오면 알게 된다.

가만히 섬진강을 내려다보고 있으면, 이 시에서처럼 '사랑도 그렇게 와서 그렇게 지는/출렁이는 섬진강가에' 매화 꽃잎 한 장 술잔 위에 띄우고 '푸른 댓잎에 베인/당신의 사랑을 가져가는/흐르는 섬진강 물에 서럽게' 울고 싶다. 무심히 흐르는 세월은 내게 섬진강처럼 살라 한다. 봄비의 속삭임에 더러는 피고 더러는 지는 강물도 내 마음도 꽃그늘 아래 흔들린다. 나는 그런 섬진강의 물살이 그리고 햇살이 되고 싶다.

빨래 너는 여자

: 강은교

햇빛이 '바리움'처럼 쏟아지는 한낮, 한 여자가 빨래를 널고 있다, 그 여자는 위험스레 지붕 끝을 걷고 있다, 런닝 셔츠를 탁탁 털어 허공에 쓰윽 문대기도 한다, 여기서 보니 허공과 그 여자는 무척 가까워 보인다, 그 여자의 일생이 달려와 거기 담요 옆에 펄럭인다, 그 여자가 웃는다, 그 여자의 웃음이 허공을 건너 햇빛을 건너 빨래통에 담겨 있는 우리의 살에 스며든다, 어물거리는 바람, 어물거리는 구름들,

그 여자는 이제 아기 원피스를 넌다. 무용수처럼 발끝을 곧추세워 서서 허공에 탁탁 털어 빨랫줄에 건다. 아기의 울음소리가 멀리서 들려온다. 그 여자의 무용은 끝났다. 그 여자는 뛰어간다. 구름을 들고.

슬픔을 세탁하는 방법

시인 강은교는 70년대 중반 자유실천문인협회에 가입하여 민주화 운동에 참여한다. 그의 시는 대개 헐벗고 짓밟히는 것들을 소재로 한 지성의 논리가 주를 이룬다. 그러나 이 〈빨래 너는 여자〉는 그의 여느 작품에 비해 비교적 낯설게 느껴진다.

시인은 빨래를 너는 행위를 통해 일상을 바라본다. 햇볕이 강렬히 내리쬐는 한낮에 한 여자가 빨래를 널고 있다. 여자를 바라보는 시선이 그지없이 아름답고 평화롭다. 그러나 시인은 생의 한 단면을 통찰한 자만이 가질 수 있는 눈으로 그 풍경을 바라본다. '바리움'은 그가 죽으려고 입 안에 털어 넣었던 항경련제의 이름이다. 시인은 평생 자신을 괴롭혀온 고통으로부터 살아있음을 느끼는 삶의 모순 속에서 "나도 잊어버렸던 어떤 날들, 그러니까 나의 한 생애가 거기 있었던 것"임을 깨닫는다. 그는 그런 내밀한 성찰을 통해 평화로워 보이는 풍경 속의 허무와 그 삶의 바닥에 놓인 허무의 실체를 꺼내어 보여준다.

그리움이 실타래를 타고 고요히 풀리는 오후 3시. 베란다에서 나른함이 빨래를 넌다. 어제의 늦은 귀가와 오늘의 이른 출근 사이에 벗어 놓은 와이셔츠의 땀에 절은 옷깃의 더러움과 손수건 위에 떨어지는 살비늘들을 씻어낸다. 수세미의 까칠까칠한 속살에 하얀 비누 거품 일으켜 구석구석 닦아내면, 꼿꼿하게 세운 깃의 도도한 이성도 소맷부리 탱탱한 긴장도 마침내 눅눅해지고.

하얀 비누의 아픈 속내를 건들이면 바글바글 일어나는 열정, 거품처럼 다가온다. 거품 뒤에 가라앉는 속살 내보이며 세상의 뒤꿈치를 뽀얗게 닦아내고, 하루쯤 더 미루어도 될 양말짝까지 말갛게 헹구어내면 비누는 여월 대로 여윈 앙상한 등을 드러낸다.

빨랫줄에 걸린 빈 바지와 치마가 바람에 나부낀다. 텅 빈 사랑 바람에 흔들리고.

시인은 평생 자신을 괴롭혀온
고통으로부터 살아있음을 느끼는
삶의 모순 속에서
"나도 잊어버렸던 어떤 날들,
그러니까 나의 한 생애가
거기 있었던 것"임을 깨닫는다.

푸른 곰팡이

-散策詩 1

: 이문재

아름다운 산책은 우체국에 있었습니다

나에게서 그대에게로 편지는

사나흘을 혼자서 걸어가곤 했지요

그건 발효의 시간이었댔습니다

가는 편지와 받아볼 편지는

우리들 사이에 푸른 강을 흐르게 했고요

그대가 가고 난 뒤

나는, 우리가 잃어버린 소중한 것 가운데

하나가 우체국이었음을 알았습니다

우체통을 굳이 빨간색으로 칠한 까닭도

그때 알았습니다, 사람들에게

경고를 하기 위한 것이겠지요

발효의 시간

한 통의 편지를 보내면 일주일 내내 목을 빼고 집배원 아저씨의 자전거 소리를 기다려야 했던 시절이 있었다. 지금은 문자나 메일로 1분이면 서로 몇 통을 주고받을 수 있지만 그때는 사나흘을 기다려도 한 번 받을까 말까 했다. 물론 편지 한 통을 부치기 위해 우체국까지 걸어가는 수고는 기본이었다. 하지만 그 더디고 더딘 시간이 우리를 설레게 했다.

시인 이문재의 〈푸른 곰팡이〉는 현대를 바라보며 과거를 추억한다. 가는 편지와 오는 편지 사이에 사나흘이 필요하듯이 우리들 사이의 관계도 숙성을 위한 시간이 필요하다. 시인 이문재는 그것을 '푸른곰팡이의 숙성'이라고 말한다. 그리고 유익균인 푸른곰팡이의 느림을 예찬한다. 그러나 화자는 곧 '그대가 가고 난 뒤/나는, 우리가 잃어버린 소중한 것 가운데/하나가 우체국이었음을' 알게 된다. 사회가 변하면서 편리함을 추구하는 것은 당연한 일이지만 그것은 결국 조금의 느림도 허용하지 않는 삶을 만들어 냈다. 우리가 잃어버린 것은 다름 아닌 '소통'이다. '우체통을 굳이 빨간색으로 칠한 까닭도/그때 알았습니다. 사람들에게/경고를 하기 위한 것이겠지요.' 시인은 우체통이 빨간 이유를 소통의 부재에서 찾는다. 그의 시는 도시와 문명에 맞서는 날선 목소리를 갖고 있지만 그것을 바라보는 눈은 한없이 따뜻하기만 하다.

오직 한사람만을 향한 간절함이 우리 둘 사이에 푸른 강을 흐르게 한다. 관계는 공간에 틈을 벌리고 시간에 뜸을 들일 때 생긴다. 너와 나 사이의 벽을 허무는 일련의 시간도 곧 기다림과 그리움이 익어가는 관계의 시간이 된다. 지금 우리가 잃어버린 것, "그건 발효의 시간이었댔습니다." 편지를 부치기 위해 우체국까지 산책하고 몇 날 며칠 그리는 이의 답장을 기다리던 그때가 우리에겐 행복한 시절이 아니었을까.

오직 한사람만을 향한

간절함이

우리 둘 사이에 푸른 강을 흐르게 한다.

관계는 공간에 틈을 벌리고

시간에 뜸을 들일 때 생긴다.

매미

: 조익구

초록 나뭇잎
숲 속 그늘 아래에서도
도시의 정거장
플라타너스 그늘 아래에서도

매미는 안다
길거리 거렁뱅이도
사랑할 수 있다는 것을

자신을 위해
진정으로
뜨겁게
울어 줄 수 있다는 것을

그렇게 사랑은
울지 않으면 보이지 않는다고

소나기도
뜨거운 눈물 식히지 못하고
두 손을 꼭 잡는다

해탈한 선승처럼
그대 사랑 받아들이고
말라가는 그리움

세상 무엇과도 바꿀 수 없는
떨림으로
그대 혈관 속 조용히 흐르겠다고

한 번도 울어보지 못한 벙어리매미처럼
낙엽이 되어 바닥으로 후드득 떨어진다.

이 생에
못한 인연

어슴푸레한 새벽빛이 하늘에 스며들면 어디선가 잠들어 있던 매미들이 다시 울기 시작한다. 나는 한여름의 이른 아침, 알람 소리 대신 매미 울음을 듣고 잠에서 깬다. 산촌의 매미는 낮잠을 몰고 오건만 도심 가로수에 붙어사는 매미들은 왜 그리 드센지. 사람들에게 잡히지 않을까 하는 불안함 때문일까. 우렁찬 놈이 짝짓기를 더 많이 한다는 연구 결과가 있는 걸 보면 매미들에게 도심 속은 꽤나 혹독한 공간인 모양이다.

매미의 일생엔 자못 애달픈 데가 있다. 알에서 성충이 되기까지 7년이라는 긴 시간을 침묵 속에 인내하지만 따스한 햇살을 비집고 올라가기 위해 생을 포기한다. 일주일 시한부 선고를 받고 바깥으로 나온 매미가 할 수 있는 일이라고는 고작 혼신을 다해 우는 것뿐. 그래서인지 그 울음소리는 속절없다. 울음이 다하면 끝이라는 것을 매미는 안다. 죽어도 여한 없노라고 미련 없이 내던진 그 몸은 물기 하나 없이 바삭하다.

긴 기다림 끝에 만나는 사랑은 열렬하다. 태어날 때부터 벙어리인 암컷매미가 저 대신 우렁차고 아름다운 울음소리를 가진 수컷매미를 선택한다. 사랑을 쟁취하기 위해 힘껏 울어야만 하는 수컷매미의 울음은 짧은 생만큼이나 애달프고 비장하다. 알을 낳고 서서히 죽어가는 암컷매미를 위하는 듯, 수컷매미는 사랑을 하는 그 순간에도 울음을 그치지 않는다. 암컷에게 선택받지 못한 매미도 홀로 죽음을 맞이한다. 매미들의 짧은 사랑은 그렇게 끝이 나고 암컷이 낳은 알은 또다시 침묵 속에서 자라난다.

조익구 시인은 시 〈매미〉에서 '그렇게 사랑은/울지 않으면 보이지 않는다'고 말한다. 우리의 사랑도 그렇다. 울지 않으면 보이지 않는다. 우리는 서로의 울음을 닦아줄 수 있는 상대와 사랑을 나눈다. 하지만 더 이상 흘릴 눈물이 없을 때가 되면, '한 번도 울어보지 못한 벙어리매미처럼/낙엽이 되어 바닥으로 후드득 떨어진다.'

조익구 시인은 삶과 죽음의 접점에서 아무런 미련 없이 떠날 수 있음을 인식한다. 그 체념의 정서는 결국 자신의 내면으로 향한다. 그는 섬세한 감성을 문장에 매끄럽게 담아 내는 능력과 참신한 이미지를 확보하고 있다. 녹녹하지 않는 삶 속에서도 애정 어린 눈빛과 사랑을 꾸밈없이 드러낸다. 내밀한 성찰을 통해 평화로워 보이는 풍경 속의 허무와 그 삶의 밑바닥에 놓인 허무의 실체를 꺼내놓지만 우리에게 현실적인 위로와 희망을 넌지시 건넨다.

알을 낳고
서서히 죽어가는
암컷매미를 위하는 듯,
수컷매미는
사랑을 하는 그 순간에도
울음을 그치지 않는다.

산도화山桃花 1

: 박목월

산은
구강산九江山
보랏빛 석산石山

산도화
두어 송이
송이 버는데

봄눈 녹아 흐르는
옥 같은
물에

사슴은
암사슴
발을 씻는다.

봄은 2월의 베개 밑으로

산수유나무에서 보일 듯 말 듯 파릇파릇한 새순이 천천히 올라온다. 그것은 막 잠에서 깬 봄이다. 조금씩 겨울옷을 벗으며 봄을 맞을 채비를 한다. 봄은 2월의 베개 밑으로 온다고 했던가. 그렇게 봄은 겨울을 밀고 아주 조금씩 우리 곁으로 다가온다.

산복숭아꽃의 소박하면서도 차고 맑은 기품을 사랑한다고 말했던 시인 박목월의 '산도화'에는 맑고 깨끗한 봄이 숨어 있다. 먼 산에서 산복숭아꽃으로 그리고 그 꽃 아래의 옥같은 물과 그 물에서 발을 씻는 암사슴으로, 봄기운이 서서히 다가오는 것처럼 시의 시선은 점점 가깝고 활발한 것을 따라 변해간다. 소박한 언어와 간결한 묘사를 통해 바라본 봄의 청아한 풍경은 한 폭의 동양화를 연상시킨다.

'산은/구강산/보랏빛 석산'

이 산은 실제로 존재하는 산이 아니라 시인의 이상향이

다. 시인의 마음속에 있는 산에는 지금 '산도화/두어 송이' 만 피어 있다. '봄눈 녹아 흐르는/옥 같은/물에/발을 씻는 암사슴'은 산 속의 평온과 안식을 가리킨다. 이 공간에는 세속적인 인간의 모습은 존재하지 않는다. 성스럽고 고결한 암사슴 한 마리만 존재한다. 봄눈 녹은 옥 같은 물에 발을 씻는 그 모습이 마치 신선이 내려와 노는 것만 같다.

밤새 내린 함박눈이 소담스레 쌓인 골목 어귀 아침나절은 거짓말처럼 눈을 거두어 간다. 한 줄기 햇살은 복수초 노란 꽃눈 위에 머물고 작은 입김 하나에도 파르르 떨리는 그 작은 꽃이 한가득 봄을 품는다. 섬진강 끼고 도는 19번 국도에 아스라한 여운 남기고 지나간 사랑 같은 벚꽃도 햇빛에 몸을 뉘인 들과 산에 피는 산도화 두어 송이도 봄이 되면 꿈을 머금고 졸음에서 깨어난다. 아 나도 섬진강 건너편 산 너머로 뉘엿뉘엿 넘어가는 섬진강의 봄 햇살이 되고 싶다.

봄은

2월의 베개 밑으로

온다고 했던가.

그렇게 봄은 겨울을 밀고

아주 조금씩

우리 곁으로 다가온다.

당부

: 김규동

가는 데까지 가거라
가다 막히면
앉아서 쉬거라

쉬다 보면
보이리
길이

쉬어가도 좋지만 멈추지 않는

김규동 시인의 '해는 저물고'라는 시 중에 '당부'라는 소제목으로 된 시이다.

북에 두고 온 어머니가 어릴 적 늘 하셨던 당부라고 한다. 이 시를 처음 접하게 된 건 며칠 전 집 근처 도서관인 성남시 중앙도서관 입구에 '당부'라는 글판이 걸려 있었는데 나의 마음에 와 닿았다. 나에겐 로스쿨을 졸업하고 변호사 자격시험을 준비하는 아들이 있는데 딱히 뭐라고 해줄 말이 없어 답답한 심경이었던 차에 이 글판을 보고 아들에게 이 시구절을 카톡으로 보내주었다. "가는 데까지 가거라. 가다 막히면 앉아서 쉬거라. 쉬다 보면 보이리 길이"

무라카미 하루키의 기사단장죽이기 2, 217P에 보면 "시련은 언젠가 찾아오기 마련입니다. 시련은 인생을 다시 시작할 수 있는 좋은 기회예요. 가혹하면 가혹할수록 훗날 쓸모가 있습니다." "시련에 져서 좌절하지 않는다면 말이죠."

우리네 인생길에 무지개빛깔만 있지 않다는 것은 누구나 알고 있는 일이다. 맹자의 말씀 중에 "바다를 본 사람의 경우 어지간한 강물은 그의 관심을 끌 수 없고, 성인(聖人)의 문하에서 배운 사람의 경우, 어지간한 말은 그의 관심을 끌 수 없다. 흐르는 물은 빈 웅덩이를 채우지 않고는 나아가지 않는다. 군자가 도를 추구함에 있어서도 일정한 성취를 이루지 않으면 통달한 경지에 이르지 못한다." "하늘이 장차 큰 임무를 어떤 사람에게 내리려 할 때는 반드시 먼저 그의 마음을 괴롭게 하고, 그의 힘줄과 뼈를 힘들게 하며, 그의 몸을 굶주림에 시달리게 하고, 어떤 일을 행함에 그가 하는 바를 뜻대로 되지 않게 어지럽힌다. 이것은 그의 마음을 분발시키고 성질을 참을성 있게 해, 그가 할 수 없었던 일을 해낼 수 있게 도와주기 위한 것이다."라고 했다. 아들은 지금의 시련이 훗날 자신을 성숙하게 하고, 좀 더 깊은 사유를 할 수 있게 하는 소중한 기회였음을 알게 될 것이다. 힘들고 지쳐 다 놓아버리고 싶을 때가 있다면 훌훌 털어버리고 어디론가 떠나보자. 인제에 있는 곰의 배처럼 생겼다는 푸근한 곰배령도 좋을 테고, 자전거로 달리다 머물고 싶은 곳에서는 언제라도 쉬었다 가도 좋은, 봄햇살이 부서지는 호

수의 섬세한 물결소리도 느껴보고 파도가 온몸으로 부서지는 바다로 달려가 바라보고 서 있어 보자.

풍경소리도 하나가 되는 고즈넉한 산사에 앉아 눈 감고 귀 기울이면 살갗에 닿는 바람이 얼마나 싱그럽고 소중한지를 느껴 보자.

지란지교를 꿈꾸며

: 유안진

저녁을 먹고 나면 허물없이 찾아가
차 한 잔을 마시고 싶다고 말할 수 있는
친구가 있었으면 좋겠다.

입은 옷을 갈아입지 않고
김치 냄새가 좀 나더라도 흉보지 않을 친구가
우리 집 가까이에 있었으면 좋겠다.

비 오는 오후나 눈 내리는 밤에
고무신을 끌고 찾아가도 좋을 친구,
밤늦도록 공허한 마음도 마음 놓고 열어 보일 수 있고,
악의 없이 남의 얘기를 주고받고 나서도
말이 날까 걱정되지 않는 친구가…….

사람이 자기 아내나 남편, 제 형제나 제 자식하고만
사랑을 나눈다면 어찌 행복해질 수 있으랴.

영원이 없을수록 영원을 꿈꾸도록
서로 돕는 진실한 친구가 필요하리라.

그가 여성이어도 좋고 남성이어도 좋다.
나보다 나이가 많아도 좋고 동갑이거나 적어도 좋다.
다만 그의 인품은 맑은 강물처럼 조용하고 은근하며
깊고 신선하며, 예술과 인생을 소중히 여길 만큼
성숙한 사람이면 된다.

그는 반드시 잘 생길 필요가 없고,
수수한 멋을 알고 중후한 몸가짐을 할 수 있으면 된다.

때론 약간의 변덕과 신경질을 부려도
그것이 애교로 통할 수 있을 정도면 괜찮고,
나의 변덕과 괜한 흥분에도 적절히
맞장구를 쳐주고 나서, 얼마의 시간이 흘러

내가 평온해지거든 부드럽고 세련된
표현으로 충고를 아끼지 않았으면 좋겠다.

나는 많은 사람을 사랑하고 싶진 않다.
많은 사람과 사귀기도 원치 않는다.
나의 일생에 한두 사람과 끊어지지 않는
아름답고 향기로운 인연으로 죽기까지 지속되길 바란다.

내 슬픔을 자기 등에 지고 가는 이

지란지교芝蘭之交란 지초와 난초같이 향기로운 사귐이라는 뜻으로 사람 사이의 사귐도 이처럼 맑고 두터워야 함을 비유한 말이다. 나는 이 성어를 볼 때마다 내 친구들 중에 지란지교가 있는지 그리고 내가 누군가에게 지란지교 같은 친구였는지를 생각해 본다. 서로의 인생철학을 공유하고 오랫동안 희노애락을 같이 할 친구가 주변에 단 한 명이라도 있다면 그 사람은 정말 행복한 사람일 것이다.

유안진의 〈지란지교를 꿈꾸며〉에서는 그런 친구가 나에게도 있었으면 하는 염원을 담고 있다. '저녁을 먹고 나면 허물없이 찾아가/차 한 잔을 마시고 싶다고 말할 수 있는/친구가 있었으면 좋겠다.' 허물없다는 말이 참 친근하게 다가온다. 이 '허물없이'라는 말은 곧, 친구의 어떤 단점도 사랑하겠다는 굳은 믿음을 말한다. '입은 옷을 갈아입지 않고/김치 냄새가 좀 나더라도 흉보지 않을 친구가/우리 집 가까이에 살았으면 좋겠다/비 오는 오후나 눈 내리는 밤에도/고무신 끌고 찾아가도 좋을 친구/밤늦도록 공허한 마음도 마음 놓고 열어 보일 수 있고'

수많은 사람들 중에 지란 같은 친구가 얼마나 있을까. 권력이나 돈으로는 절대 살 수 없는 그런 친구 말이다. 모든 걸 이해하고 감수할 수 있는 친구, 가지고 있는 허물마저도 덮어줄 수 있는 친구야말로 진정한 의미의 친구가 아닐까.

인디언의 말로 친구Dacota는 "내 슬픔을 자기 등에 지고 가는 자"라는 의미를 갖고 있다. 인생의 갈피 속을 헤매일 때, 그런 친구 하나쯤은 모두가 가지고 있으면 좋겠다. 요란한 빛깔과 시끄러운 소리에 묻혀 소중한 것들이 보이지 않는 요즘 세상. 허물없이 찾아가 차 한 잔 마시고 싶은 지란 같은 친구가 그리워지는 날이다.

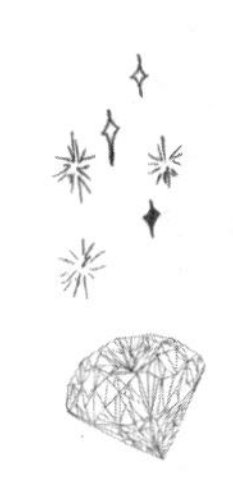

수많은 사람들 중에
지란 같은 친구가
얼마나 있을까.
권력이나 돈으로는
절대 살 수 없는
그런 친구 말이다.

12 술에 취한 바다

: 이생진

성산포에서는

남자가 여자보다

여자가 남자보다

바다에 가깝다.

나는 내 말만 하고

바다는 제 말만 하며

술은 내가 마시는데

취하긴 바다가 취하고

성산포에서는

바다가 술에

더 약하다

38 수평선

맨 먼저
나는 수평선에 눈을 베었다
그리고 워럭 달려든 파도에
귀를 찢기고
그래도 할 말이 있느냐고 묻는다
그저 바다만의 세상 하면서
당하고 있었다
내 눈이 그렇게 유쾌하게
베인 적은 없었다
내 귀가 그렇게 유쾌하게
찢긴 적은 없었다

술은 내가 마시는데 취하긴 바다가 먼저 취하고

이생진 시인의 시집 〈그리운 바다 성산포〉는 총 81편으로 이루어진 연작시이다. 이 가운데 12번째와 38번째 시 두 편을 읽는다.

"술은 내가 마시는데 취하긴 바다가 취하고, 이 죽일 놈의 고독은 취하지도 않나 봅니다."

한 달에 한 번 인사동의 찻집에서는 섬에서 갓 돌아온 시인이 유쾌한 이야기꾼이 된다. 섬을 사랑하는 시인답게 그가 낭송하는 시는 언제나 바닷가의 짠내로 가득하다.

"세상에서 쓸쓸한 것만 한 시상이 어디 있을까요? 저녁노을이나 사람의 나이가 쓸쓸하게 기울어가는 느낌은 굉장해요."

그는 외로움에서 에너지가 나온다고 믿었다.

"내 시는 외로워요. 내가 외롭거든요."

그에게 시는 태생적인 외로움의 산물이다. 때문에 전기

도 수도도 들어오지 않는, 가진 거라곤 시야 가득한 섬과 바다뿐인 성산포의 어느 외딴방에서 몸을 뉘이곤 한다고 말한다. 섬 시인, 이생진의 시는 외진 산사 처마 끝에서 외롭게 울리는 풍경소리를 닮았다. 잔잔한 맑음이랄까.

원래 그의 꿈은 화가였다. 하지만 중학생 때 아버지를 여의고 종이와 물감을 살 돈이 없어 꿈을 접을 수밖에 없었다.

"내가 왜 이런 운명에 처해야 하는가. 아버지 무덤 앞에 주저앉아 죽고 싶다는 생각도 여러 번 했어요. 가난은 때로 아프게 다가와요. 제게는 하고 싶은 것을 하지 못한다는 게 가난이었지요. 가난했던 집안에서 어머니는 고생을 많이 했어요. 바느질품도 팔고, 행상도 하면서 아들을 키웠지요."

그 후 그는 자신에게 속삭이듯 시를 썼다.

"고등학교 시절에는 곧잘 무전여행을 하곤 했지요. 여행은 외로움을 즐길 줄 아는 사람이 떠나는 길이거든요. 혼자 길을 떠나는 사람의 마음은 고독한 사람만이 알지요."

그는 바다를 가까이 했다. 낮에는 바다를 바라보며 떠오르는 단상을 메모로 끄적이다가 밤이면 간이역에 몸을 뉘이곤 했다. 새우잠을 자야 했던 시인의 어린 시절은 고단했다. 인생의 무게를 일찍 알아버린 그가 시인이 된 것은 어쩌면 당연한 일일지도 모른다.

〈그리운 바다 성산포〉 연작시를 쓰게 된 건 우연이었다고 한다. 다른 시를 정리할 겸 성산포를 찾았던 그 새벽, 일출 앞에서 뭉클대는 가슴을 참지 못하고 달려간 바닷가에서 시는 탄생했다.

멍텅구리 고깃배 한 척이 달려온다. 게으른 햇볕 한 줌이 더듬거리며 그 뒤를 쫓아온다. 바다는 시어를 빚느라 분주하고 물고기는 은빛비늘 일부를 떨어뜨리느라 바쁘다. 이윽고 바다의 시어들은 깃털처럼 가벼워진다. 다가가려 하면 저만큼 멀리 달아나고 체념하면 시인의 지친 어깨를 토닥이는 바다의 언어. 폭설로 세상과 단절돼 길이 보이지 않을 때도 시어는 늘 같은 곳에 묵묵히 머무른다. 언제나 새로운 것을 찾아 나서는 것, 그런 노력과 시도가 바로 창조적인 삶을 살아가는 예술가의 전제 조건이다. 때문에 우리는 새로운 관념과 각성을 위해 깊은 고요에 몰입해야 한다.

만선의 기쁨으로 치달려온 고깃배도 기름 냄새에 지쳐 몸져눕고 지금껏 지켜온 해안선도 무너져 바다와 섬이 된다. 성산포 앞바다는 잘 익은 석화 냄새로 가득하고 사람들은 타오르는 노을을 보며 떠난 자식을 그리워한다. 멍텅구리 배라도 장만하겠다고 새벽뱃고동 속으로 떠난 하루가 궁금해 마실 나간 바람을 수소문하다 그만, 돌아온 바람의 뒤꿈치에 걷어차인다. 온몸 소금기를 성산포 바람에 털어버리면 목발 없이 일생을 불구로 서 있는 등대가 쳐다본다. 오늘 아침 썰물 때 따라가지 못한 해조음이 늑막염 앓는 성산포 갈비뼈 사이를 들썩인다.

"울고 싶을 땐 울어야 하는 게지요. 떠나고 싶을 땐 떠나야 하는 거고요. 삶은 걸림 없는 삶이 즐거운 거예요."

시인의 말이 바닷바람을 타고 노을 속으로 사라진다.

지금 알고 있는 걸 그때 알았더라면

: 킴벌리 커버거

지금 알고 있는 걸 그때 알았더라면
내 가슴이 말하는 것에 더 자주 귀 기울였으리라
더 즐겁게 하루하루를 살고 덜 고민했으리라
금방 학교를 졸업하고 머지않아 직업을 가져야 한다는 걸 깨달았으리라
아니, 그런 것들은 잊어 버렸으리라
다른 사람들이 나에 대해 말하는 것에는
신경 쓰지 않았으리라
그 대신 내가 가진 풋풋한 생명력과 탄탄한 피부를 더 가치 있게 여겼으리라

더 많이 놀고, 덜 초조해 했으리라
진정한 아름다움은 자신의 인생을 사랑하는 데 있음을 기억했으리라
부모님이 날 얼마나 사랑하는가를 깨닫고
또한 그들이 내게 최선을 다하고 있음을 믿었으리라

사랑에 더 열중하고
그 결말에 대해선 덜 걱정했으리라
설령 그것이 실패로 끝난다 해도
더 좋은 어떤 것이 기다리고 있음을 믿었으리라

아, 나는 어린아이처럼 행동하는 걸 두려워하지 않았으리라
더 많은 용기를 가졌으리라
모든 사람에게서 좋은 면을 발견하고
그것들을 그들과 함께 나눴으리라

지금 알고 있는 걸 그때 알았더라면
나는 분명코 춤추는 법을 배웠으리라
내 육체를 있는 그대로 좋아했으리라
내가 만나는 사람을 신뢰하고
나 역시 누군가에게 신뢰할 만한 사람이 되었으리라

입맞춤을 즐겼으리라

정말 자주 입맞춤을 했으리라

분명코 더 감사하고

더 많이 행복해 했으리라

지금 내가 알고 있는 걸 그때 알았더라면

내면의 나에게 묻는 것

상담을 하다 보면 대부분의 학생들이 미래에 대한 염려와 고뇌로 하루를 보내고 있다는 것을 알게 된다. 새내기들은 대학 생활을 어떻게 해야 할지 고민하고 졸업을 앞둔 학생들은 졸업 후 진로에 대해 고민한다. 나는 그럴 때마다 학생들에게 "지금 이 순간을 즐겨라"라고 말해 주곤 한다. 그것은 내가 지금에서야 깨닫게 된 소중한 진리다. 나 또한 젊은 시절의 경험을 통해 잘 알고 있다. 그 번뇌가 남기고 가는 것은 '그때 좀 더 즐기며 살 걸'이라는 후회뿐이라는 것을.

우리는 세월이 쌓이는 만큼 어떤 형태로든 성장한다. 그 지혜를 과거에 알았더라면 지금 우리의 삶은 훨씬 더 나은 형태로 변해 있을 것이다. 하지만 우리가 그렇게 하지 못하는 이유는 그것이 성공과 실패의 과정을 수없이 거쳐 나온 해답이기 때문이다. 킴벌리 커버거의 시, 〈지금 알고 있는 걸 그때 알았더라면〉은 낡은 필름이 돌아가듯 지나간 인생에 대한 통찰과 그 속에서 얻은 지혜를 담은 시이다. 시인은 자신의 인생에서 진실로 사랑하지 못한 것들을 회상하며 못내 아쉬워한다. 그러면서도 시를 읽는 독자들은 후회 없는 삶을 살아가길 바란다. 삶은 부모나 다른 누군가가 대신 살아주거나 결정해 주는 것이 아니다. 세상의 이목이나 권력, 명예 등에 연연하며 살기에 우리 인생은 그리 길지 않다.

세상에는 가장 소중한 금이 세 가지가 있다고 한다. 첫째는 음식에 빠져서는 안 되는 소금, 둘째는 값비싼 황금, 그리고 가장 중요한 셋째는 바로 우리가 살고 있는 지금이다. 지금 이 순간을 열심히 사랑하고 일한다면 분명 밝은 미래가 우리 앞에 기다리고 있을 것이다. 그러기 위해서 우선 잠시 동안만이라도 자신의 내면을 바라보는 시간을 가져보는 것은 어떨까. 결국 우리가 해야 할 일은 오지 않은 미래에 대한 고민이 아니라 내가 진정으로 하고 싶은 일이 무엇인지를 내면의 나에게 묻는 것이다.

결국 우리가 해야 할 일은
오지 않은 미래에 대한
고민이 아니라
내가 진정으로
하고 싶은 일이 무엇인지를
내면의 나에게 묻는 것이다.

다시, 십년 후의 나에게

: 나희덕

십년 후의 나에게, 라고 시작하는
편지는 그보다 조금 일찍 내게 닿았다

책갈피 같은 나날 속에서 떠올라
오늘이라는 해변에 다다른 유리병 편지
오래도록 잊고 있었지만
줄곧 이곳을 향해 온 편지

다행히도 유리병은 깨어지지 않았고
그 속엔 스물다섯의 내가 밀봉되어 있었다
스물다섯살의 여자가
서른다섯살의 여자에게 건네는 말
그때의 나는 첫아이를 가진 두려움을 이렇게 쓰고 있다
나는 한마리 짐승이 된 것 같아요, 라고
또 하나의 목숨을 제 몸에 기를 때만이
비로소 짐승이 될 수 있는 여자들의 행복과 불행,

그러나 아이가 태어나 자란 만큼 내 속의 여자들도 자라나
나는 오늘 또 한통의 긴 편지를 쓴다
다시, 십년 후의 나에게
내 몸에 깃들여 사는 소녀와 처녀와 아줌마와 노파에게
누구에게도 길들여지지 않는 그 늑대여인들에게
두려움이라는 말 대신 사랑이라는 이름으로

책갈피 같은 나날 속으로,
다시 심연 속으로 던져지는 유리병 편지
누구에게 가 닿을지 알 수 없지만
줄곧 어딘가를 향해 있는 이 길고 긴 편지

FM 93. 9 MHz
배미향의 저녁스케치

지루한 퇴근길, 나는 늘 FM 93.9 MHz에 주파수를 맞춰 놓고 운전을 한다. 퇴근에 맞춰 시작하는 〈배미향의 저녁스케치〉를 듣기 위해서다. 라디오에서 어린 시절 자주 듣던 추억의 팝송이 흐르면 하루만큼의 노곤함이 정화되는 것만 같다. 2부 코너인 〈길에게 길을 묻다〉에서는 한 편의 시를 읽어주기도 한다. 어느 날엔 배미향 PD가 나희덕 시인의 〈다시, 십년 후의 나에게〉를 나지막한 목소리로 읽어주었다. 여름비가 세차게 내리던 날, 라디오에서 우연히 다시 만난 그 시는 처음 읽었을 때보다 더 감동적으로 다가왔다.

'나'는 십년 후의 나에게 쓴 편지를 유리병에 담아 바다로 띄워 보낸다. 어디로 흘러갈까. 누군가가 발견한 것은 아닐까. 유리병에 금이 가 편지에 바닷물이 스며들지는 않았을까. 무의미한 걱정은 10년이라는 시간과 함께 썰물을 타고 흐르다 밀물 때가 돼서야 내게로 다시 돌아왔다. 거센 파

도와 싸우면서도 망망대해를 외롭게 헤매었을 십년 전의 편지가 멀고 먼 바닷길을 돌아 내게로 왔다. 그동안 나도 나이를 조금씩 먹어가면서 따뜻하고 다양한 시선으로 사물을 바라볼 수 있게 되었다. "나는 한마리 짐승이 된 것 같아요."라고 말하던 스물다섯의 나에게 서른다섯의 나는 '또 하나의 목숨을 제 몸에 기를 때만이/비로소 짐승이 될 수 있는 여자들의 행복과 불행/그러나 아이가 태어나 자란 만큼 내 속의 여자들도 자라'난다고 답한다. 오늘의 나는 여성만이 가지는 행복을 섬세하고 성숙한 시선으로 생각을 다듬어 간다. 나는 다시 한 번 편지를 쓴다. '아이가 태어나 자란 만큼 내 속의 여자들도 자라나/나는 오늘 또 한통의 긴 편지를 쓴다/다시, 십년 후의 나에게/내 몸에 깃들여 사는 소녀와 처녀와 아줌마와 노파에게/누구에게도 길들여지지 않는 그 늑대 여인들에게'

시인 나희덕은 이 시대의 급소를 정확하게 찌른다. 그의 시는 '스스로의 아픔을 모아 우리의 아픔으로 엮어낸 공예'다. 때문에 독자들은 화자의 통증을 함께 나눈다. 시인은 먼 훗날 오늘의 아픔이 사라지기를 미래의 나에게 기대하며 편지를 쓴다. 다시, 십년 후의 나에게 두려움이라는 말 대신 사랑이라는 이름으로. 이 끈질긴 긍정이 나희덕 시의 힘이다.

다시, 십년 후의 나는 어떤 모습일까. 십년 전의 내가 상상한 지금의 나와 현재 내 모습이 다르듯이 다시 십년 후의 나 또한 상상과는 전혀 다른 모습일 것이다. 세상에 변하는 것은 수없이 많다. 자라나는 나무와 수풀들, 하늘에 떠있는 뭉게구름, 머릿속의 생각과 지식, 아이들의 성장, 심지어는 결혼 서약까지도 쉽게 변한다. 변하지 않는 것은 보석이다. 첫사랑의 설레는 기억, 그리운 이를 만나러갈 때의 설렘 그리고 생각하면 할수록 입안에서 도르륵 말리는 어머니의 이름은 우리 안에서 억만금을 주고도 살 수 없는 값비싼 보석이 된다.

우리는 저마다의 고단한 짐을 지고 하루를 살아간다. 내일은 행복할 거라는 믿음으로 기꺼이 그 짐을 받아든다. 학창시절 책 속에 끼워둔 낙엽과 꽃은 말라서 이젠 책 냄새가 배었을 것이다. 오래된 책 냄새를 맡으면 행복하다. 그래서일까.

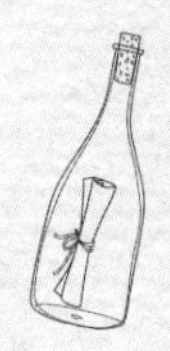

'나'는

십년 후의 나에게 쓴 편지를

유리병에 담아

바다로 띄워 보낸다.

어디로 흘러갈까.

누군가가 발견한 것은 아닐까.

4장

이번 생은 처음이라

긍정적인 밥

: 함민복

시 한편에 삼만 원이면
너무 박하다 싶다가도
쌀이 두말인데 생각하면
금방 마음이 따뜻한 밥이 되네

시집 한 권에 삼천 원이면
든 공에 비해 헐하다 싶다가도
국밥이 한 그릇인데
내 시집이 국밥 한 그릇만큼
사람들 가슴을 따뜻하게 덥혀줄 수 있을까
생각하면 아직 멀기만 하네

시집이 한 권 팔리면
내게 삼백 원이 돌아온다
박리다 싶다가도
굵은 소금이 한 됫박인데 생각하면
푸른 바다처럼 상할 마음 하나 없네

푸른 별을 보는 동안 어둠이 무섭지 않은

사실보다 희망이 더 절박할 때가 있다. 끝이 보이지 않는 깊은 절망 속에 지칠 대로 지친 심신을 뉘이고 있을 때, 우리는 우연히 펼쳐 든 시집 한 권에서 희망을 찾곤 한다. 김춘수 시인이 시작詩作의 이유를 자기구원에서 찾았듯, 시는 탁월한 정신적 치료제 역할을 한다. 시는 정신의 극치이고 존재의 귀착점이라 해도 과언이 아니다. 때문에 영국의 극작가 윌리엄 콩그리브는 시를 가리켜 "모든 예술의 누이이자 모든 것의 아버지이다."라고 했다.

시인에게 있어 시는 살아가는 목표와 같다. 그는 그것을 위해 가난도 감수한다. '푸른 바다처럼 상한 마음 하나 없네'라고 노래하는 시인의 가슴은 너그럽고 여유롭다. 아리스토텔레스의 말에 따르면, 시인은 모방자이자 창조자이다. 또한 있었던, 있는, 있을 수 있는 일들을 제시할 수 있는 유일한 예언자적 존재이기도 하다. 인간의 가치관이 흔들리고 존엄성이 상실되는 요즈음, 이럴 때일수록 우리에겐 시가 필요하다. 시는 결국 인간 본연의 모습으로 돌아가 진실로 인간답게 살고자 하는 노력의 산물이다. 그래서 앞날을 염려하는 사람들이 한편의 시 읽기를 갈망하고, 때로는 좋은 시를 창작하려는 진지한 모습을 보이기도 한다.

시인 함민복은 살기 힘든 세상을 긍정적인 시선으로 바라본다. 그는 시작詩作이 생계에 별로 도움이 되지 못하는 상황에 아쉬움을 느끼지만 작은 소득이나마 얻게 되는 것에 감사한다. 이런 시적 화자의 시선은 자신을 위로함과 동시에 그와 비슷한 처지의 사람들에게도 따뜻한 위로를 건넨다. 시인은 삶의 변방에서 가난을 긍정으로 일으켜 세우는 법을 터득한다. 가난하지만 시만은 따뜻하다. 김이 모락모락 나는 따뜻한 밥 한 공기처럼 아름답고도 눈물겨운 시는 긍정에서 비롯된다. 불가능Impossivle이 가능I'm Possible이 되는 것 또한 긍정적으로 세상을 바라보기 때문일 것이다.

이럴 때일수록

우리에겐 시가 필요하다.

시는 결국

인간 본연의 모습으로 돌아가

진실로 인간답게 살고자 하는

노력의 산물이다.

의자의 얼굴

: 고은희

땡볕이 그늘을 끌고 모퉁이 돌아간 곳
누군가 내다버린 꽃무늬 애기 의자에
가난을 두르고 앉아
졸고 있는 할아버지

무거운 세월 이고 허리 펴는 외로움이
털어도 끈끈이처럼 온몸에 달라붙어
허기진 세상은 온통
말줄임표로 갇혀 있다

살다 떠난 얼룩만이 가슴 깊이 내려앉은
폐기물 딱지조차 못 붙이는 그 몸피여!
사는 건 먼지 수북한
그리움 또
견디는 것

오늘도 먼 길 돌아 햇살 떠는 한줄기 바람

먼저 간 할머니 손길 덤으로 묻어온 듯

그 옆에 폐타이어도

슬그머니 이웃이 된다

숨길 수 없는 세 가지

새해 첫날 아침이면 설레는 마음으로 조간신문을 펼친다. '올해는 어떤 작품이 신춘문예의 영광을 차지했을까?' 이게 여간 설레는 게 아니다. 아마 나 또한 젊은 시절, 신춘문예에 가슴앓이를 했기 때문일 것이다. 2011년에는 유독 내 눈에 들어오는 시 한편이 있었다. 부산일보 시조 당선작인, 고은희의 〈의자의 얼굴〉이다. 읽을 때마다 정감이 가는 시다.

나는 '의자'하면 빈센트 반 고흐가 그린 나무의자가 제일 먼저 떠오른다. 살아생전 유독 나무의자를 좋아했던 빈센트 반 고흐. 고은희의 시에는 그의 냄새가 난다. 그래서인지 낯설지가 않다. 사람에겐 숨길 수 없는 세 가지가 있다고 한다. 첫째는 가난이고 둘째는 기침, 셋째는 사랑이다. 〈의자의 얼굴〉에서는 노인의 가난한 행색을 '누군가 내다버린 꽃무늬 애기 의자에/가난을 두르고 앉아/졸고 있는 할아버지'

로 묘사한다. 의자의 얼굴은 곧 할아버지의 얼굴이다.

고은희는 시조의 형식을 지키면서 자유시로써 시를 끌어올리는 능력이 탁월하다. 이 시는 탄탄한 구성과 압축된 정형미, 매끄럽게 재단된 시어의 표현이 신선하다.

엄마 걱정

: 기형도

열무 삼십 단을 이고
시장에 간 우리 엄마
안 오시네, 해는 시든 지 오래
나는 찬밥처럼 방에 담겨
아무리 천천히 숙제를 해도
엄마 안 오시네, 배추잎 같은 발소리 타박타박
안 들리네, 어둡고 무서워
금 간 창틈으로 고요히 빗소리
빈방에 혼자 엎드려 훌쩍거리던

아주 먼 옛날
지금도 내 눈시울을 뜨겁게 하는
그 시절, 내 유년의 윗목

입 안에 도르륵 말리는 그리움

책장에 꽂힌 기형도의 낡은 유고 시집 〈입속의 검은 잎〉을 오랜만에 꺼내 읽는다. 시집에 실린 시 중 〈엄마 걱정〉을 읽다 보면 그리운 엄마가 생각나 금세 눈시울이 붉어진다. 시를 좋아하고 시를 쓰는 사람이라면 우리 문단사에서 기억해야 할 존재, 기형도 시인.

1984년 중앙일보사에 입사, 1985년 시 〈안개〉로 동아일보 신춘문예에 당선되어 등단한다. 2월에 연세대학교 정치외교학과를 졸업, 신문사 수습 후 정치부로 배속된다. 기형도는 구체적인 이미지를 통해 우울한 자신의 경험과 추상적 관념들을 형상화해 왔다. 그는 유년 시절의 기억이나 도시인들의 삶을 통해 비극적인 정조를 드러내고 독창적이고 개성 강한 시를 발표해 왔다. 그 중 〈엄마 걱정〉은 어머니를 기다리던 유년시절의 그리움을 드러내는 시이다.

〈엄마 걱정〉은 시장에 간 엄마를 기다리는 아이의 애틋한 감정이 잘 드러나 있다. 시적 화자는 열무 삼십 단을 이고 시장에 간 엄마를 홀로 기다린다. 방에 혼자 남은 어린 화자는 엄마를 기다리는 동안 천천히 숙제도 해 보지만 엄마의 발소리는 여전히 들리지 않고 어두운 방에서 훌쩍거리고 만다. 먼 옛날의 기억임에도 불구하고 엄마를 기다리던 마음은 여전히 눈시울을 붉게 하는 유년의 기억으로 남아 있다.

이 작품은 가난했던 어린 시절을 회상하며 당시의 상황과 정서를 감각적으로 묘사하고 있다. '해는 시든 지 오래/찬밥처럼 방에 담겨/배추잎 같은 발소리'와 같은 감각적 이미지를 통해 엄마의 고된 삶과 어린 화자의 외로움이 생생하게 전달된다. 또한 유사한 문장의 반복을 통해 리듬감을 형성하고 있다는 점에서 특징적이다.

기형도의 시는 자신의 개인적인 상처를 드러내고 분석하는 데서 시작된다. 가난한 집안 환경과 중풍으로 쓰러진 아버지, 장사하는 어머니, 불의의 사고로 세상을 떠난 누이의 죽음은 기형도의 일생에 깊은 상처로 남게 된다.

스물아홉 기형도 시인이 세상을 떠난 지 29년이 흘렀다. 1989년 3월 7일 새벽, 서울 종로의 한 심야 극장에서 숨진 채 발견된 그의 사인은 뇌졸중. 만 29세 생일을 엿새 앞둔 기형도 시인은 우리 곁을 그렇게 떠나고 만다.

기형도 시인은 살아 있을 당시에는 크게 주목받지 못하고 사후에 발표된 시집을 통해 널리 이름을 알리게 된다.

그의 시는 어둡고 우울하지만 결코 폭력적이지 않고 조용한 서정성을 느낄 수 있다. 기형도 시인은 '그로테스크 리얼리즘이라는 독특한 시세계를 열었고 가난 · 상실 · 도시적 일상에 대한 부정적 인식, 실존의 부조리 등 우리 사회에 대한 비판적 인식으로 시를 쓰는 새로운 경향을 형성했다는 평가'를 받고 있다. 기형도 시인은 바래지 않는 스물아홉으로 우리 곁에 남아 빛나는 청년으로 기억될 것이다.

엄마라고 부르면 입안에서 도르륵 말리는 그리움. 그리운 그 이름 엄마.

무엇이 성공인가

: 랄프 왈도 에머슨

무엇이 성공인가
자주 많이 웃는 것
현명한 이들에게 존경을 받고
아이들에게 사랑을 받는 것

정직한 비평에 감사하고
배신한 친구들을 참아내는 것

아름다운 것이 무엇인지 알고
다른 사람의 좋은 점을 찾아내는 것

건강한 아이를 낳든
한 뼘의 정원을 가꾸든
사회 환경을 개선하든
자기가 태어나기 전보다
세상을 조금이라도 살기 좋은 곳으로

만들어 놓고 떠나는 것

자신이 한때 이곳에 살았으므로 해서
단 한 사람의 인생이라도 행복해지는 것

이것이 바로 성공이다.

단 한 사람의 인생이라도 행복해지는 것

버락 오바마 대통령이 늘 가슴에 새기고 다녔다던 랄프 왈도 에머슨Emerson, Ralph Waldo의 '무엇이 성공인가'라는 시이다. 이 시가 말하듯 우리가 살아낼 수 있다면 인생의 일이 무엇이 그리 어려울 것인가.

사람들은 어떤 한 분야에 우뚝 선 사람들을 부러워한다. 하지만 정작 그 안의 공허는 보지 못한다. '에머슨'은 많이 웃는 것, 친구의 배반을 참아내는 것, 다른 사람의 장점을 발견하는 것을 성공이라 했다. 그리고 자신의 삶이 단 한사람의 인생이라도 행복하게 해주었다면 이미 성공한 사람이라 말한다. 그는 개인의 행복이라는 차원을 뛰어넘어 단 한 사람이라도 행복하게 하는 것을 진정한 성공이라고 본 것이다. 우리는 행복한 삶을 원한다. 우리 시대 청춘들은 작지만 현실에서 실천할 수 있는 소소한 행복을 원한다. 이 시대 청춘들의 행복론은 에머슨의 시와 가깝다.

에머슨의 시구절에서 '친구의 배반을 참아내는 것' 또한 성공이라고 했다. 우리는 살아가면서 소중하다고 느꼈던 친구에게 배반을 당하기도 한다. 가장 친하다고 믿었던 친구에게 배반을 당하는 것은 마음이 아프고 쓰린 일이다. 그럼에도 불구하고 배반을 참아내고 인내하여 담대해져야 한다고 말한다. 돈을 많이 벌고 명예를 얻는 것도 성공이겠지만 큰마음으로 보듬어주고 이해하는 것 또한 성공이라고 했다.

삶에는 중요한 것과 소중한 것이 있다. 그러나 우리는 먹고 살기 위해 소중한 것보다 중요한 것을 좇는다. 부자가 되고 권력을 쥐고 명예를 얻으려고 달리다 보니 가족의 소중함을 잊은 지 오래다. 세월은 무심히 흐른다. 우리가 소중한 것을 외면한 만큼 세월도 우리를 외면한다. 코흘리개 아이들은 어느새 훌쩍 커 부모품을 떠나고, 나를 키워준 부모님은 이제는 세상에 없다. 우리는 시간이 지나고 나서야 후회뿐이라는 것을 깨닫는다. 우리가 할 수 있는 일이라고는 소중한 시간, 소중한 인연 그리고 아름다운 추억마저 텅 빈 세월 위에 혼자 우두커니 서 있는 일뿐이다. 때문에 다음 시인 헤르만 헤세의 〈행복해진다는 것〉은 우리에게 시사하는 바가 크다. 우리들의 인생은 한번밖에 없기 때문이다.

나이가 든다는 것, 그 나이만큼 책임을 진다는 것이 가끔씩은 힘겹게 느껴질 때가 있다. 삶의 소중함을 되찾는 방법은 무엇일까. 오늘이 마지막인 것처럼 이 순간을 사는 것이 아닐까.

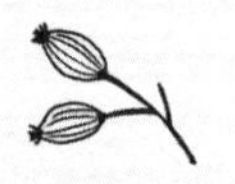

우리는 행복한 삶을 원한다.

우리 시대 청춘들은

작지만

현실에서 실천할 수 있는

소소한 행복을 원한다.

행복해진다는 것

: 헤르만 헤세

인생에 주어진 의무는
다른 아무것도 없다네
그저 행복하라는 한 가지 의무뿐
우리는 행복하기 위해 세상에 왔지

그런데도
그 온갖 도덕
온갖 계명을 갖고서도
사람들은 그다지 행복하지 못하지

그것은 사람들 스스로 행복을 만들지 않는 까닭이야

인간은 선을 행하는 한
누구나 행복에 이르게 되지

스스로 행복해하고

마음 속 조화를 찾는 한
그러니까 사랑을 하는 한

사랑은 유일한 가르침
세상이 우리에게 물려준 단 하나의 교훈
예수도
부처도
공자도 그렇게 가르쳤다네

모든 인간이 세상에서 중요한 한 가지는
그의 가장 깊은 곳
그의 영혼
그의 사랑하는 능력이라네

보리죽을 떠먹든 맛있는 빵을 먹든
누더기를 걸치든 모피를 휘감든

사랑하는 능력이 살아 있는 한

세상은 순수한 영혼의 화음 울리고

언제나 좋은 세상

옳은 세상이었지

인생의 미학은 욕심을 버리고 작은 것에도 감사하는 마음

사람들은 그다지 행복하지 못하지/그것은 사람들 스스로 행복을 만들지 않는 까닭이야. 시인 헤르만 헤세의 〈행복해진다는 것〉을 읽으면서 어떻게 하면 행복해질 수 있는지 생각해 본다.

얼마 전에 지인에게서 이런 메시지가 왔다. "부모인 당신에게 자녀가 대들고 심술을 부린다면 그건 아이가 거리에서 방황하지 않고 집에 잘 있다는 뜻이고, 내야 할 세금이 있다면 내가 살 만하다는 뜻이며, 옷이 몸에 조금 낀다면 잘 먹고 잘 살고 있다는 뜻이다. 닦아야 할 유리창과 고쳐야 할 하수구가 있으면 나에게 집이 있다는 뜻이고, 빨래거리와 다림질거리가 많다면 옷이 많다는 뜻이며, 가스요금이 너무 많이 나왔다면 내가 지난 겨울을 따뜻하게 보냈다는 뜻이다. 정부에 대한 불평불만이 많이 들리면 언론의 자유가 있다는 뜻이고, 지하철이나 버스에서 누군가 떠드는 소리가 거슬린다면 내가 들을 수 있다는 뜻이며, 주차장 맨 끝 먼 곳에 겨우 빈자리 하나 있다면 내가 걸을 수 있는 데다 차까지 있다는 뜻이다. 그리고 온몸이 뻐근하고 피로하다면 내가 열심히 일했다는 뜻이고, 이른 아침에 시끄러운 자명종 소리를 듣고 깼다면 내가 살아있다는 뜻이다."

2030세대의 행복 담론으로 소확행小確幸이 떠오르고 있다. 소확행은 '작지만 확실한 행복'을 뜻한다. 일본 작가 무라카미 하루키의 수필집 『랑겔한스섬의 오후』에 등장하는 말이다. '갓 구운 빵을 손으로 찢어 먹는 것, 서랍 안에 반듯하게 접어 돌돌 만 속옷이 잔뜩 쌓여 있는 것, 새로 산 정결한 면 냄새가 풍기는 하얀 셔츠를 머리에서부터 뒤집어쓸 때의 기분' 등이 작지만 확실한 행복이라고 말하고 있다.

직장인들은 먹으면서 느끼는 '미식형' 소확행이 가장 많았다. 역시 맛있는 음식은 하루에도 몇 번이고 느낄 수 있는 작지만 확실한 행복인 것 같다. 블랙타임에 향긋한 커피 한 잔을 마시며 동료들과 도란도란 이야기를 나누고, 퇴근 후에는 시원한 맥주 한 잔과 맛있는 안주로 하루의 피곤함을 씻고, 주말에는 맛집을 찾아 더욱 특별한 한끼를 먹는다는 것. 행복은 결코 멀리 있지 않다. 맛있는 음식을 좋은 사람들과 함께 나눠 먹는 것 또한 더할 나위 없는 행복이다.

다음으로는 쉬면서 느끼는 '휴식형' 소확행이 많았다. 개구리가 멀리 뛰기 위해 잠깐 몸을 움츠리는 것처럼, 직장인들도 쉬면서 에너지를 충전하는 것이 중요하다. 바쁜 일상 속에서 잠깐이라도 휴식을 취하는 것이 얼마나 큰 활력소가 되는지를 알 수 있다. 어디론가 멀리 여행을 떠나지 않아도, 일상 속에서도 충분히 멋진 휴식을 취할 수 있다. 점심식사 후 잠깐의 산책, 출퇴근 지하철에서 즐기는 단잠, 퇴근 후 좋아하는 카페에서 보내는 여유, 잠들기 전 누워서 영화 한 편을 보는 것으로도 우리는 행복을 느낄 수 있다.

여가시간에 책을 읽거나 시를 쓰거나 빵을 굽고 음악을 즐기고 악기 하나쯤은 배우거나 화분을 키우는 등 다양한 문화생활을 즐기는 '문화형' 소확행도 있다. 일상에 활력을 불어넣을 뿐 아니라 자신의 재능을 키워나갈 수도 있다.

그리고 마지막으로 사랑하는 가족, 반려견이나 반려묘 사진을 보면 슬며시 입가에 미소가 지어진다는 '애정형' 소확행도 있다. 이는 사랑에 빠지면 분비되는 호르몬인 도파민과 노르에피네프린의 영향도 있다고 한다.

행복은 결코 멀리 있는 게 아니다. 우리 가까이에 늘 존재한다. 우리는 그걸 잡기만 하면 된다. 인생이란 정해진 답 없이 각자의 주관을 써 내려가는 논술형 문제이자 언제나 가슴 뛰는 무언가를 찾아 떠나는 모험이다.

생각을 바꾸면 우리네 인생도 행복해질 수 있다. 인생의 미학은 욕심을 버리고 작은 것에도 감사하는 마음이기 때문이다.

행복은 결코 멀리 있지 않다.

맛있는 음식을

좋은 사람들과 함께

나눠 먹는 것 또한

더할 나위 없는 행복이다.

양평 두물머리

: 심종덕

벽에 기대
거꾸로 서본다
걸어본다
걸을 수 없는 허공
깨닫는 시간은 그리 걸리지 않았다

팔로 한 땀 한 땀
벽을 떠날 수 있다고 착각도 해본다
비틀린 팔은 쥐가 나고
몸은 바닥에 나뒹굴고
나의 명상은 처절히 잠수해 버렸다

거꾸로 서는 일은 만만한 일이 아니다

몰려다니는 구름떼
푸르른 날 양평 두물머리에 서보면

세상이 거꾸로 보인다

나도 산도 산 그림자도
새들도 거꾸로 날고
거꾸로 걷는 마음
내가 그 속에 산다.

당신은 아무 일 없던 사람보다 강하다

여름비를 머금은 푸른 산에 노란 마타리꽃이 바람에 일렁이는 어느 한적한 오후, 나는 오랜만에 딸아이와 양평으로 여행을 갔다. 나는 아이에게 한국의 아기자기한 풍경들을 보여주고 싶었다. 연꽃이 피어 있는 소담한 정원 위에서 나풀거리는 나비를 따라 폴짝거리며 쫓아가는 딸아이의 모습이 아이의 어린 시절을 보는 것 같아 반가웠다. 그러다 잠시 '향기 나는 뜰'이라는 카페에 들러 커피를 마시는 여유를 가지기도 했다. 마음씨 좋게 생긴 주인장의 정성스런 손끝에서 향이 밴 듯 커피는 어느 곳보다 향기로웠다. 카페를 나와 작은 다리를 건너자 황순원 소나기 마을의 이정표가 보였다. 그리고 작은 언덕 위에서 소년과 소녀가 소나기를 피해 들어갔던 수숫단을 만났다. 바로 황순원 문학관이다.

서울 근교 양평에는 이렇듯 가 볼 만한 곳이 많다. 연꽃이 아름다운 세미원, 단풍이 절경인 용문사, 들꽃에 취한 들꽃수목원, 힐링이 되는 자연휴양림, 눈이 즐거운 양평군립 미술관 등이 있다. 그뿐만 아니라 아름다운 풍경과 함께 자전거 전용도로에서 달리는 자전거여행은 또 다른 행복을 선물하기도 한다.

카뮈는 "여행은 무엇보다도 위대하고 엄격한 학문과도 같은 것"이라고 했다. 어디론가 떠난다는 설레임만으로도 이미 여행은 시작된다. 일상에서 벗어나 다르게 살아가는 사람들과도 만나고 여행에서 돌아올 때는 좀 더 넓은 시야를 갖게 된다. 여행은 한 박자 쉬어가는 쉼표와도 같다. 미처 알지 못했던 것들의 소중함도 알게 해주고 통찰을 배우게도 한다. 그 통찰의 끝자락에는 낯선 나 자신이 서 있다. 낯설게 볼 수 있을 때 우리는 비로소 보이지 않았던 것을 발견할 수 있다.

심종덕 시인은 사물을 낯설게 봄으로써 우리에게 새로운 발견과 통찰력을 가져다 준다. 〈양평 두물머리〉는 시적 상상력과 형상화가 빼어난 작품이다. 인생을 관조하는 뛰어난 긍정적 인식과 삶의 지혜에서 우러나오는 사유의 힘 또한 깊다. 그의 시는 탄탄한 구성과 압축된 정형미, 매끄럽게 재단된 시어의 표현이 신선하다. 그런 면에서 심종덕 시인의 귀추가 주목된다.

그의 시를 따라가 보면 그의 적잖은 사유의 깊이가 묻어나온다. 앞으로 세상을 밝혀줄 등대와 같은 시를 쓰리라 기대해 본다.

아름다운 풍경과 함께

자전거 전용도로에서 달리는

자전거여행은

또 다른 행복을 선물하기도 한다.

첫마음

: 정채봉

1월 1일 아침에 찬물로 세수하면서 먹은 첫마음으로
1년을 산다면.
학교에 입학하여 새 책을 앞에 놓고
하루 일과표를 짜던 영롱한 첫마음으로 공부를 한다면.
사랑하는 사이가,
처음 눈이 맞던 날의 떨림으로 내내 계속된다면.
첫 출근하는 날,
신발 끈을 매면서 먹은 마음으로 직장일을 한다면.
아팠다가 병이 나은 날의,
상쾌한 공기 속의 감사한 마음으로 몸을 돌본다면.
개업날의 첫마음으로 손님을 언제고
돈이 적으나, 밤이 늦으나
기쁨으로 맞는다면.
세례 성사를 받던 날의 빈 마음으로
눈물을 글썽이며 교회에 다닌다면.
나는 너, 너는 나라며 화해하던

그날의 일치가 가시지 않는다면.

여행을 떠나는 날,

차표를 끊던 가슴 뛰이 식지 않는다면.

이 사람은, 그때가 언제이든지

늘 새마음이기 때문에

바다로 향하는 냇물처럼 날마다가 새로우며,

깊어지며, 넓어진다.

이 삶을 사랑하지 않을 이유가 없지 않을까요

어제보다 나은 내일을 위해 우리는 새해 벽두부터 계획을 세운다. 어떤 이는 금주나 금연을 다짐하기도 하고 또 어떤 이는 운동을 시작하기도 한다. 첫사랑, 첫 출근, 첫 월급처럼 누구에게나 '처음'은 설레는 기억이기 마련이다. 무언가가 내 첫 번째가 된다는 것, 반대로 내가 무언가의 첫 번째가 된다는 것은 쉽게 잊히지 않는 만큼 소중하고 빛나는 일이다. 하지만 늘 변치 않기를 바라면서도 쉽게 지키기 어려운 것이 있다. 바로 초심이다. 그런고로 정채봉의 시 〈첫 마음〉은 초심을 잃지 않기를 바라는 마음을 잘 나타낸다.

시인은 '1월 1일 아침에 찬물로 세수하면서 먹은 첫마음으로 1년을 산다면' 그 사람은 '그때가 언제이든지 늘 새마음이기 때문에 바다로 향하는 냇물처럼 날마다 새로우며, 깊어지며, 넓어진다.'고 말한다. 그의 시는 지극히 단순해 보이지만 깊은 사유와 평온함을 품고 있다. 때문에 정채봉의 시는 그 사람이 누구이든 평등하게 다가가 지친 영혼에 안식을 가져다준다.

'낮은 곳에서 임하라'는 말이 있다. 따뜻한 마음을 간직하기 위해서는 높은 이상을 향해 달려가면서도 우리 주변을 잘 살피고 격려해야 한다는 말이다. 나는 올해에도 시인으로서 독자들에게 따뜻한 감동을 전해줄 수 있는 시를 쓰고자 한다. 새해에는 소망하는 모든 일이 풍성한 결실을 맺길 기원하면서.

개심사 청벚꽃

: 남영은

눈빛 깊어 보이는
해사한 모습
흘러내리는 청백의 꽃송이
쌓아둔 생각의 무게
켜켜이 피고 또 피워낸다

마음 보듬어 주는 개심사
마음 열고 기다리는 청벚꽃
경지에 얼굴 비추고
솔바람에 기대어
겹겹이 속마음 비운다

감춰둔 이야기 슬며시 꺼내
청벚꽃 그늘 아래
스쳐간 인연과
한갓지게 걷고픈 봄햇살

맑고 기품있는

청아한 피안앵으로 다가와

극락으로 이끄는

마음 기꺼이 열어주는 개심사 청벚꽃

경지 : 개심사에 있는 마음을 비춰 보라는 연못

피안앵 : 극락을 떠올리게 한다는 꽃을 의미

불가의 스님들이 벚꽃을 지칭할 때 쓰는 말

스쳐간 인연은 피안앵으로 피어나

스쳐간 인연은 피안앵으로 피어나 4월이면 개심사의 청벚꽃을 만나러 간다. 우리나라에서 유일하게 청벚꽃 나무가 있는 개심사. 개심사의 청벚꽃은 벚꽃이 절정을 이루는 시기를 지난 후에 활짝 피우는데 4월 중하순 무렵이 절정이다. 서산 IC에서 개심사로 가는 길가에 겹벚꽃이 줄을 서 자태를 뽐내고 있다. 오직 개심사에만 있다는 연둣빛의 청벚꽃을 보면서 이리 예뻐도 되는 건지.

남영은 시인의 '개심사 청벚꽃'을 읽고 있노라면 개심사의 경치와 청벚꽃이 눈앞에 펼쳐지는 것 같다. 불가의 스님들은 벚꽃을 '피안앵'이라 부른다고 한다. 피안앵彼岸櫻(고단한 현실의 강 저쪽에 존재한다는 안락의 고향, 즉 극락을 떠올리게 한다는 꽃의 의미). 개심사를 따라 청벚꽃이 피어 있는 길을 천천히 걷다 보면 여기가 속세인지 피안의 세계인지 알 수가 없다. 남영은 시인은 스쳐 지나간 인연을 피안앵으로 다시 피워 인연의 소중함을 일깨워주고 있다. 법상스님의 시절인연時節因緣에 보면 만날 사람은 꼭 다시 만나게 된다고 한다.

모든 만남은 내 안의 나와의 마주침이며 내 내면이 성숙하면 만남도 성숙하지만 내 내면이 미숙하면 만남도 미숙할 수밖에 없다고 한다. 어쩌면 모든 만남과 이별은 자신을 깨닫게 해주는 선물일지도 모를 일이다. 남영은 시인의 시어는 간결하면서도 따뜻하다. 그의 시에서 사유의 깊이가 묻어 나오는 것은 인간 본연의 따뜻함 때문일 것이다.

인간은 누구나 유한한 삶을 산다. 무한하지 않은 존재에 대한 자각은 인류문명의 시작에서부터 현재에 이르기까지 문학, 예술, 종교, 철학, 과학 등에서 심원한 주제가 되어 왔다. 인간의 존재는 무수한 시련 속에서 때로는 가까운 이들의 죽음으로부터 죽음의 의미를 새삼 물으며 삶의 가치를 깨닫기도 한다.

우리는 아직도 이어지는 이러한 긴 여정의 한가운데에 있다. 무한하지 않는 단 한 번뿐인 우리네 인생, 채울 길 없는 마음의 공백을 좀 더 의미 있는 것으로 채우면 어떨까. 절망하며 사는 이들에겐 결코 포기하지 않는 희망을, 쉽게 삶을 포기하는 이들에겐 삶을 긍정하고 사랑한다면 이 속세도 아름다운 피안이 될 수 있을 것이다. 늦은 봄날 개심사 청벚꽃 아래 서면 모든 시름이 사라진다. 이곳이 진정 피안의 세상이 아닐는지.

"이 세상 사람들은 모두 붓다이다. 기억만 할 수 없을 뿐이지 우린 다 붓다이다. 그 속에서 붓다 아닌 사람은 단 한 사람 나 자신이다. 그 단 한 사람을 돕기 위해 세상 사람들이 다 힘을 모으고 있다고 생각하면 당신은 두려울 게 없다. 자신의 주변에 있는 모든 사람을 붓다로 여기며 상대해 보자. 그들은 정말 붓다가 되어 당신을 돕게 될 것이다."

우리는 서로를 좀 더 이해하고 소통할 수 있는 관계를 만들기 위해 사고의 전환이 절실히 필요할 때다.

어쩌면

모든 만남과 이별은

자신을 깨닫게 해주는

선물일지도 모를 일이다.

봄의 소식

: 신동엽

마을 사람들은 되나 안되나 쑥덕거렸다.
봄은 발병 났다커니
봄은 위독하다커니

눈이 휘둥그레진 수소문에 의하면
봄은 머언 바닷가에 갓 상륙해서
동백꽃 산모퉁이에 잠시 쉬고 있는 중이라는 말도 있었다.

그렇지만 봄은 맞아 죽었다는 말도 있었다.
광증이 난 악한한테 몽둥이 맞고
선지피 흘리며 거꾸러지더라는……

마을 사람들은 되나 안되나 쑥덕거렸다.
봄은 자살했다커니
봄은 장사 지내버렸다커니

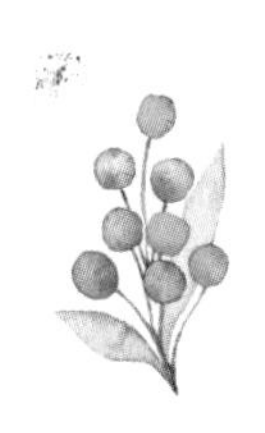

그렇지만 눈이 휘둥그레진 새 수소문에 의하면
봄은 뒷동산 바위 밑에, 마을 앞 개울
근처에, 그리고 누구네 집 울타리 밑에도,
몇날 밤 우리들 모르는 새에 이미 숨어 와서
봄단장들을 하고 있는 중이라는
말도 있었다.

흐드러지게 피어날
연분홍 꽃비를 기다리며

봄을 기다리는 것조차 은밀하고 조용해야 했던 때가 있었다. 마을 사람들은 애타게 봄을 기다리지만 병이 나서 위독하다느니 자살했다느니 악한에게 맞아죽었다는 소문만 무성하다. 이런 애처로운 상황에서 누군가가 봄의 소식을 들고 온다. 곧 다가올 봄이 이미 우리 곁에 있다는 소문이다. 마을 사람들의 눈이 휘둥그레진다. 이제 그들이 해야 할 일은 이미 와 숨어 있는 봄을 맞이하는 일이다. 시인 신동엽의 〈봄의 소식〉은 뒤꿈치를 들고 담장 밖 세상을 내다보고픈 열여덟 소녀 같은 이야기를 담고 있다.

이 시가 발표된 1970년대는 대통령이 장기 집권을 위해 남북 간 긴장상태를 조장하던 시기였다. 이는 정권에 불만을 가진 이들을 잠재우는 효과를 불러왔고 결국에는 민주주주를 말하는 것조차 금기시되었다. 그런 시기에 시인 신동엽은 봄을 부르짖었다. 그가 목 놓아 부르던 봄, 그것은 바로 민주주의였다.

시 속에 등장하는 마을 사람들은 우리나라 국민이다. 그저 힘없고 가난한 소시민일 뿐인 마을 사람들은 저마다 은밀하고 조용하게 봄의 안부를 물으며 쑥덕일 뿐이다. 이윽고 어떤 이의 입으로부터 '봄이 남쪽 바닷가에 상륙했다'는 소문이 난다. 이 첫 번째 소문은 민주주의가 쉽지 않겠지만 언젠가는 꼭 이루어질 것이라는 믿음을 가리킨다. 이후 '봄이 영원히 올 수 없게 되었다'는 소문과 '봄이 자살을 해서 장사 지냈다'는 소문이 마을 안에 퍼진다. 마을 사람들은 우리 스스로 민주주의를 포기해 영원히 봄이 올 수 없게 되었다고 좌절한다. 그러나 얼마 후 새 소문이 온 마을을 뒤집어 놓는다. 죽은 줄로만 알았던 봄이 이미 우리 곁에 와 있다는 것이다. 이는 곧 '민주주의는 올 수밖에 없다'는 시인의 굳은 신념을 말한다.

시인 신동엽은 역사의식과 현실인식을 바탕으로 민족의 자주와 통일을 알기 쉽게 노래한 민족 시인으로 평가받고 있다. 그의 시는 문명과 위선에 물든 현실을 예리하게 비판하면서도 자연과 함께 살아가는 건강한 사람들의 모습을 잔잔하게 그려낸다. 때문에 그가 남긴 시는 사후에 재평가되고 있다.

버들강아지는 이른 봄, 개울가 옆에서 복슬복슬한 솜털 같은 겨울눈을 머리에 이고 있다가 연초록 새순이 뒤늦게 고개를 빼꼼 내밀면 그제야 꽃술을 터뜨려 봄을 알린다. 마을 사람들이 그토록 기다리던 봄은 왔다. 이제 세상은 더 이상 은밀하고 조용하지 않아도 되는 시대가 되었다.

죽은 줄로만 알았던 봄이
이미 우리 곁에 와 있다는 것이다.
이는 곧
'민주주의는 올 수밖에 없다'는
시인의 굳은 신념을 말한다

섬

: 장석

너로구나

무등을 타고
바다 위로 고개 내민
새미 무등같은

섬

수평선은
네 눈과 내 눈을 잇고

너를 바라보는 나도
까치발을 한
가까스로

섬이다.

아름다운 관계는 적당한 거리를 유지하는 것

시인 장석의 시 〈섬〉을 만난 건 작년 여름 국립극장에서 2018 여우락樂 공연에서였다. 공연 중 장석의 시 '섬'을 주제로 국악공연을 관람하면서 만나게 되었다. 새로운 시를 발견하는 기쁨은 내게 또 다른 행복이다. 매년 여름이면 국립극장에서 여우락 페스티벌을 시작한다. 2010년부터 시작하였으니 올해로 9회째를 맞고 있다. '세계를 홀릴 우리 음악'이라는 캐치프레이즈를 내세웠는데 이제는 국립극장을 대표하는 페스티벌이 되었고, 아티스트들에게는 자신의 상상력을 마음껏 펼칠 수 있는 무대가 되었다. 여우락의 뜻은 '여기 우리 음악樂이 있다'의 줄임말이라고 한다. 원일 예술감독의 연출이 돋보이는 무대였다.

시인 장석은 관계의 미학을 간결한 시어와 감정의 절제로 그려낸다. "무등을 타고/바다 위로 고개 내민/새미 무등같은/섬/수평선은/네 눈과 내 눈을 잇고/너를 바라보는 나도/까치발을 한/가까스로 섬이다." 섬과 섬 사이엔 적당한 거리가 존재한다. 사람과 사람과의 관계의 미학처럼.

사이가 좋다는 말은 적당한 거리가 있어야 좋다는 말이다. 우리는 살면서 누군가와 관계를 맺고 그 속에서 위로도 받지만 상처도 받게 마련이다. 우리에게 상처를 주는 사람들은 우리와 친밀한 관계를 가지는 사람들이다. 상처는 친밀감을 먹고 살기 때문이다. 우리에게는 적당한 거리가 필요하다. 너무 멀지도 가깝지도 않는 적당한 거리의 섬. 사이란 한자로는 간間이다. 곧 사이가 좋다는 말은 서로가 빈틈없이 붙어 있는 것도 아니고 너무 떨어져 있는 것도 아닌 적절한 거리를 유지하는 일이다. 서로 간에 적절한 거리, 일정한 거리를 유지하는 게 이상적이다. 내가 상대방의 인생을 좌지우지할 수 없듯 상대방도 내 인생을 결코 대신할 수 없다. 비록 가까운 사이라 해도. 각자가 해야 할 몫에 대해서는 여지를 남겨두어야 한다. 여지를 남겨두는 것은 아름다운 관계이다. 관계의 미학은 적당한 거리를 유지하는 일이다.

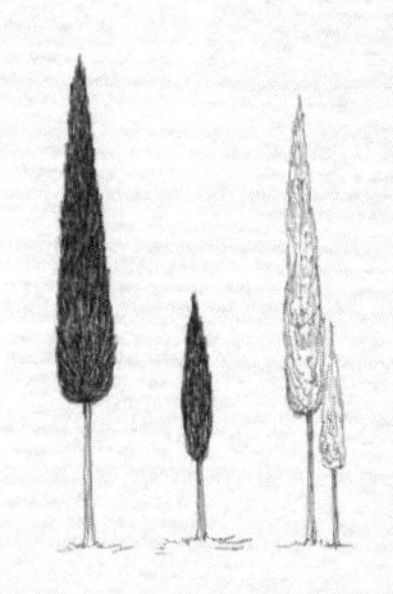

우리에게는

적당한 거리가 필요하다.

너무 멀지도 가깝지도 않는

적당한 거리의 섬.

사이라는 것은 한자로는 간間 이다.

두 번이란 없다

: 쉼보르스카

두 번 일어나는 것은 하나도 없고
일어나지도 않는다. 그런 까닭으로
우리는 연습 없이 태어나서
실습 없이 죽는다.

인생의 학교에서는
꼴지라 하더라도
여름에도 겨울에도
같은 공부는 할 수 없다.

어떤 하루도 되풀이되지 않고
서로 닮은 두 밤夜도 없다.
같은 두 번의 입맞춤도 없고
하나 같은 두 눈맞춤도 없다.

어제, 누군가가 내 곁에서

네 이름을 불렀을 때
내겐 열린 창으로
던져진 장미처럼 느껴졌지만

오늘, 우리가 함께 있을 때
난 얼굴을 벽 쪽으로 돌렸네
장미, 장미는 어떻게 보이지
꽃인가 혹은 돌은 아닐까

악의에 찬 시간 너는 왜
쓸데없는 불안에 휩싸이니
그래서 넌 흘러가야만 해
흘러간 것은 아름다우니까

미소하며, 포옹하며
일치점을 찾아보사

비록 우리가 두 방울의

영롱한 물처럼 서로 다르더라도.

이번 생은 처음이라

시단의 모짜르트라 불리며 간결하고 절제된 언어, 풍부한 상징과 은유, 적절한 우화와 페러독스로 유명한 폴란드의 여류시인 비스와바 쉼보르스카. 독일의 괴테 문학상, 헤르더 문학상, 폴란드 펜클럽 문학상, 1996년 노벨문학상을 받기도 했다.

이 시는 쉼브로스카 시집 '끝과 시작' 중 〈The bucket list〉의 마지막 페이지에 소개된 시이다. 한 줄 한 줄 음미하며 의미를 되새기게 하는 진리를 포착해 내는 시. 매일 매순간 우리는 한 번도 살아보지 않은 삶을 살아가고 있다. 연습도 없고 실습도 없다.

우리의 인생에는 두 번이란 없다. "두 번 일어나는 것은 하나도 없고/일어나지도 않는다. 그런 까닭으로/우리는 연습 없이 태어나서/실습 없이 죽는다." 우리가 흘려 버린 하루는 되돌아 오지 않는다. 매일 우리를 맞이하는 서로 닮은 두 밤夜도 두 번의 입맞춤도 하나 같은 두 눈맞춤도 없다.

그렇기에 시인은 말한다. 지금 이 순간이 가장 소중하다고. 비록 우리가 함께하는 지금 이 시간이 다시 오지 않더라도 마음속에 감춰둔 사랑을 꺼내야 한다고.

인생은 어제도 내일도 아닌 지금이다. 삶에서 가장 중요한 것은 바로 지금 이 순간이다. 이 현재에서 우리는 인생의 모든 질문과 직면한다. 지금 현실이 중요하지 지난 과거나 다가올 미래는 지금 현재보다 중요하지 않다.

사람이 이 세상에 태어나서 죽을 때까지 겪어야 하는 생의 모든 것이 바로 현실이다. 누구도 피해 갈 수 없는. 보람되고 가치있는 삶을 위해서는 그리고 궁극적으로 행복한 삶을 위해서는 오늘의 현실을 긍정적으로 받아들이는 자세가 필요하다. 대부분의 사람들은 과거에 얽매이거나 미래의 꿈속에 살아간다. 불가에서는 이를 과거심불가득過去心不可得, 미래심불가득未來心不可得이라 했다. 과거는 다시 얻을 수 없고, 미래는 아직 오지 않았으므로 헛된 가치에 마음을 두어선 안 된다는 말이다. 마음을 현재에 온전히 머무르게 하며 현재를 살아가는 것이 무엇보다 중요하다.

러시아의 대문호 톨스토이는 〈살아갈 날들을 위한 공부〉

에서 “당신에게 가장 중요한 일은 지금 하고 있는 일이며 당신에게 가장 중요한 사람은 지금 만나고 있는 사람이다.”라고 말하고 있다.

사람들은 모두 유한한 삶을 살아간다. 그 누구도 유한한 삶을 거부할 수 없다. 그럼에도 몇 백 년을 살듯이 마음을 미래에 두고 살아간다. 지금 이 순간 최선을 다해 살아간다면 후회없는 삶이 되지 않을까.

이 책에 실린 시의 저작권

1장

별사別辭–경주 남산 37 · 정일근, ⓒ 정일근

행복 · 유치환, ⓒ 한국문예학술저작권협회

이별 이후 · 문정희, ⓒ 한국문예학술저작권협회

당신, 그려도 될까요?–To 잔느 에뷔테른. From 모딜리아니 · 윤향기, ⓒ 윤향기

나와 나타샤와 흰 당나귀 · 백석

사랑 · 박형진, ⓒ 창비

시래기, 코다리 · 이동주, ⓒ 이동주

단추를 채우면서 · 천양희, ⓒ 한국문예학술저작권협회

황홀한 거짓말 · 유안진, ⓒ 한국문예학술저작권협회

통영統營 · 백석

2장

나무 1 지리산에서 · 신경림, ⓒ 한국문예학술저작권협회

창호지 · 민용태, ⓒ 민용태

게발선인장 가시 · 이숙희, ⓒ 이숙희

효자가 될라 카머–김선굉 시인의 말 · 이종문, ⓒ 이종문

가을 엽서 · 안도현, ⓒ 한국문예학술저작권협회

낙타 · 신경림, ⓒ 한국문예학술저작권협회
가재미 · 문태준, ⓒ 문학과 지성사
농업박물관 속 허수아비 · 이창훈, ⓒ 이창훈
나무 · 곽혜란, ⓒ 곽혜란
사평역에서 · 곽재구, ⓒ 한국문예학술저작권협회

3장

용서의 꽃 · 이해인, ⓒ 이해인
섬진강 매화꽃을 보셨는지요 · 김용택, ⓒ 한국문예학술저작권협회
빨래 너는 여자 · 강은교, ⓒ 한국문예학술저작권협회
푸른 곰팡이散策詩 1 · 이문재, ⓒ 이문재
매미 · 조익구, ⓒ 조익구
산도화 山桃花 1 · 박목월, ⓒ 한국문예학술저작권협회
당부 · 김규동, ⓒ 한국문예학술저작권협회
지란지교를 꿈꾸며 · 유안진, ⓒ 한국문예학술저작권협회
12 술에 취한 바다 38 수평선 · 이생진, ⓒ 한국문예학술저작권협회
다시, 십년 후의 나에게 · 나희덕, ⓒ 한국문예학술저작권협회

4장

긍정적인 밥 · 함민복, ⓒ 창비
의자의 얼굴 · 고은희, ⓒ 고은희
엄마 걱정 · 기형도, ⓒ 한국문예학술저작권협회

당신을 행복하게 하는
단 하나의 시
지치고 힘든 당신에게

초판 1쇄 인쇄 | 2019년 04월 30일
초판 1쇄 발행 | 2019년 05월 07일

엮고지음 | 조서희
펴낸이 | 최화숙
기 획 | 엔터스코리아(책쓰기 브랜딩스쿨)
편 집 | 유창언
펴낸곳 | 아마존북스

등록번호 | 제1994-000059호
출판등록 | 1994. 06. 09

주소 | 서울시 마포구 월드컵로8길 72, 3층-301호(서교동)
전화 | 02)335-7353~4
팩스 | 02)325-4305
이메일 | pub95@hanmail.net | pub95@naver.com

ISBN 979-89-5775-196-1 03810
값 13,000원

* 아마존북스는 도서출판 십사재의 임프린트입니다.